D0637571

Annie Ernaux

Se perdre

Gallimard

Annie Ernaux a passé son enfance et sa jeunesse à Yvetot, en Normandie. Agrégée de lettres modernes, elle a été professeur au Centre national d'enseignement à distance. Elle vit dans le Val-d'Oise, à Cergy.

Voglio vivere una favola
(Je veux vivre une histoire)

*Inscription anonyme
sur les marches de l'église Santa Croce,
à Florence*

Le 16 novembre 1989, j'ai téléphoné à l'ambassade d'URSS à Paris. J'ai demandé qu'on me passe monsieur S. La standardiste n'a rien répondu. Il y a eu un long silence et une voix de femme a dit : « Vous savez, monsieur S. est reparti hier pour Moscou. » J'ai raccroché aussitôt. Il m'a semblé que j'avais déjà entendu cette phrase au téléphone. Ce n'était pas les mêmes mots, mais le même sens, avec le même poids d'horreur et la même impossibilité d'y croire. Après, je me suis rappelé l'annonce de la mort de ma mère, trois ans et demi auparavant. L'infirmier de l'hôpital avait dit : « Votre mère s'est éteinte ce matin après le petit déjeuner. »

Le mur de Berlin était tombé quelques jours avant. Les régimes mis en place en

Europe par l'Union soviétique vacillaient les uns après les autres. L'homme qui venait de retourner à Moscou était un fidèle serviteur de l'URSS, un diplomate russe en poste à Paris.

Je l'avais rencontré l'année précédente, lors d'un voyage d'écrivains à Moscou, Tbilissi et Leningrad, un voyage qu'il avait été chargé d'accompagner. Nous avions passé ensemble la dernière nuit, à Leningrad. De retour en France, nous avons poursuivi notre relation. Le rituel était immuable : il me téléphonait, demandant s'il pouvait venir l'après-midi ou le soir, plus rarement le lendemain ou dans deux jours. Il arrivait, ne restait que quelques heures. Nous les passions à faire l'amour. Il repartait et je vivais dans l'attente du prochain appel.

Il avait trente-cinq ans. Sa femme lui servait de secrétaire à l'ambassade. Son parcours, recueilli par bribes au cours de nos rendez-vous, était classique d'un jeune apparatchik : adhésion à un Komsomol, puis au PCUS (Parti communiste de l'Union soviétique), séjour à Cuba. Il parlait français de façon rapide, avec un accent prononcé. Bien que partisan affiché de Gorbatchev et de la perestroïka, il regrettait, quand il avait bu, l'époque de Brejnev et ne cachait pas sa vénération pour Staline.

Je n'ai jamais rien su de ses activités qui, officiellement, étaient d'ordre culturel. Je m'étonne aujourd'hui de ne pas lui avoir posé plus de questions. Je ne saurai jamais non plus ce que j'ai été pour lui. Son désir de moi est la seule chose dont je sois assurée. C'était, dans tous les sens du terme, l'amant de l'ombre.

Durant cette période, je n'ai rien écrit en dehors de textes qu'on me demandait pour des revues. Le journal intime que je tiens, irrégulièrement, depuis l'adolescence, a été mon seul lieu véritable d'écriture. C'était une façon de supporter l'attente du prochain rendez-vous, de redoubler la jouissance des rencontres en consignant les paroles et les gestes érotiques. Par-dessus tout, de sauver la vie, sauver du néant ce qui, pourtant, s'en approche le plus.

Après son départ de France, j'ai entrepris un livre sur cette passion qui m'avait traversée et continuait de vivre en moi. Je l'ai poursuivi de façon discontinue, achevé en 1991 et publié en 1992 : *Passion simple.*

Au printemps de 1999, je suis allée en Russie. Je n'y étais pas retournée depuis mon voyage de 1988. Je n'ai pas revu S. et cela m'était indifférent. À Leningrad, redevenu Saint-Pétersbourg, je ne me suis pas rappelé le nom de l'hôtel où j'avais passé la nuit avec lui. Durant ce séjour, la seule trace témoignant de la réalité de cette passion était la connaissance que j'avais de quelques mots russes. Malgré moi, continuellement, de façon épuisante, je cherchais à déchiffrer les caractères cyrilliques sur les enseignes et les panneaux publicitaires. Je m'étonnais de connaître ces mots, cet alphabet. L'homme pour qui je les avais appris n'avait plus d'existence en moi et il m'était égal qu'il soit mort ou vivant.

En janvier ou février 2000, j'ai commencé de relire les cahiers de mon journal correspondant à l'année de ma passion pour S., que je n'avais pas ouverts depuis cinq ans. (Pour des motifs qu'il n'est pas nécessaire d'évoquer ici, ils avaient été resserrés dans un endroit qui me les rendait indisponibles.) Je me suis aperçue qu'il y avait dans ces pages une « vérité » autre que celle contenue dans *Passion simple*. Quelque chose de cru et de noir, sans salut, quelque chose de l'*oblation*. J'ai pensé que cela aussi devait être porté au jour.

Je n'ai rien modifié ni retranché du texte initial en le saisissant sur ordinateur. Les mots qui se sont déposés sur le papier pour saisir des pensées, des sensations à un moment donné ont pour moi un caractère aussi irréversible que le temps : ils sont le temps lui-même. Simplement, j'ai eu recours aux initiales dès lors que je portais un jugement pouvant blesser la personne en cause. Également pour désigner l'objet de ma passion, S. Non que je croie préserver ainsi son anonymat — illusion assez vaine — mais parce que cette déréalisation conférée par l'initiale me semble correspondre à ce que cet homme a été pour moi : une figure de l'absolu, de ce qui suscite la *terreur sans nom*.

Le monde extérieur est presque totalement absent de ces pages. Aujourd'hui encore, il me paraît plus important d'avoir noté, au jour le jour, les pensées, les gestes, tous les détails — des chaussettes qu'il gardait en faisant l'amour au désir de mourir dans sa voiture — qui constituent ce roman de la vie qu'est une passion, plutôt que l'actualité du monde, dont je pourrai toujours trouver la preuve dans des archives.

J'ai conscience de publier ce journal en raison d'une sorte de prescription intérieure, sans souci de ce que lui, S., éprouvera. À bon droit, il pourra estimer qu'il s'agit d'un abus de pouvoir littéraire, voire d'une trahison. Je conçois qu'il se défende par le rire ou le mépris, « je ne la voyais que pour tirer mon coup ». Je préférerais qu'il accepte, même s'il ne le comprend pas, d'avoir été durant des mois, à son insu, ce principe, merveilleux et terrifiant, de désir, de mort et d'écriture.

Automne 2000

1988

S... la beauté de tout cela : exactement les mêmes désirs, les mêmes actes qu'autrefois, en 58, en 63, et avec P. Et la même somnolence, torpeur même. Trois scènes se détachent. Le soir (dimanche) dans sa chambre, lorsque nous étions assis l'un près de l'autre, à nous toucher, où nous n'avions rien dit et nous étions consentants, désireux de ce qui allait suivre et dépendait encore de moi. Sa main passait, en les frôlant, près de mes jambes étendues, chaque fois qu'il déposait

17

la cendre de sa cigarette dans le récipient posé à terre. Devant tous. Et nous parlions comme si rien n'était. Puis les autres s'en vont (Marie R., Irène, R.V.P.) mais F. s'incruste, il m'attend pour partir aussi. Je sais que si je pars maintenant de la chambre de S., je n'aurai pas la force de revenir. Ici tout s'embrouille. F. est dehors, ou presque, la porte est ouverte, et il me semble que S. et moi nous nous jetons l'un contre l'autre, que la porte se referme (qui ?), nous sommes dans l'entrée, mon dos contre le mur éteint et allume la lumière. Il faut que je me déplace. Je laisse tomber mon imper, mon sac, ma veste de tailleur. Il éteint. La nuit commence, que je vis dans l'absolue intensité. (Et pourtant le désir de ne pas le revoir, comme d'habitude.)

Second moment, lundi après-midi. Quand j'ai fini de faire ma valise, il frappe à la porte de ma chambre. Dans l'entrée, nous nous caressons. Il me désire tellement que je m'agenouille et je le fais jouir avec la bouche, longuement. Il se tait, puis murmure seulement mon prénom avec son accent russe, comme une litanie. Mon dos contre le mur, le noir (il ne veut pas de lumière), la communion.

Dernier moment, dans le train de nuit, pour Moscou. Nous nous embrassons au bout du wagon, ma tête près d'un extincteur (que je n'ai identifié qu'après). Et tout cela s'est passé à Leningrad.

Aucune prudence de ma part, aucune pudeur, ni aucun doute, enfin. Quelque chose se boucle, je commets les mêmes erreurs qu'autrefois et ce ne sont plus des erreurs. Rien que la beauté, la passion, le désir.

Depuis mon retour en avion, hier, j'essaie de reconstituer, mais tout tend à s'échapper, c'est comme si quelque chose avait eu lieu en dehors de ma conscience. Seule certitude, à Zagorsk, samedi, à ce moment, dans la visite du Trésor, les chaussons aux pieds, il me prend par la taille pendant quelques secondes et je sais aussitôt que j'accepterais de coucher avec lui. Mais ensuite, où en était mon désir ? Repas avec Tchetverikov, le directeur de la VAAP [Agence soviétique des droits d'auteurs], et S. est loin de moi. Départ pour Leningrad, par le train-couchettes. À ce moment-là, je le désire, mais rien n'est possible et je ne m'en inquiète pas : que cela ait lieu ou non ne me fait pas souffrir. Le dimanche, visite de Leningrad, maison de Dostoïevski, le matin. Je crois m'être trompée sur son attirance à mon égard et je n'y pense plus (est-ce sûr ?). Repas à l'hôtel Europe, à côté de lui, mais cela arrive tant de fois depuis le début du voyage. (Un jour, en Géorgie, il était placé à mes côtés, j'ai essuyé mes mains mouillées sur son jean, spontanément.) Visite de l'Ermitage, nous ne sommes pas souvent ensemble. Retour par un pont sur la Neva, nous sommes ensemble, accoudés au para- pet. Dîner à l'hôtel Karalia, je suis séparée de lui. R.V.P. le pousse à faire danser Marie, c'est un slow. Pourtant, je sais qu'il a le même désir que moi. (Je viens d'oublier un épisode, le spectacle de ballets, avant le dîner. Je suis assise à côté de lui, et je ne pense qu'à mon désir de lui, surtout pen- dant la seconde partie du spectacle, genre Broadway, « Les trois mousquetaires ». La musique me reste encore aujourd'hui dans la tête. Je me dis alors que si je retrouve le nom de la compagne de Céline, une danseuse, nous coucherons ensemble. Je le retrouve : c'est Lucette Almanzor.) Dans sa chambre, où il nous a invités à boire de la vodka, il s'arrange visiblement pour être assis à côté de moi (grande difficulté pour évincer F. qui le veut aussi, qui me court après). Et là, je sais, je sens, je suis sûre. C'est l'enchaînement parfait des moments, la complicité, la force d'un désir qui n'a pas eu besoin de beaucoup de paroles, le tout d'une grande beauté. Et cette « absence » de quelques secondes, où se produit la fusion près de la porte. S'agripper l'un à l'autre, s'embrasser à en mourir, il m'arrache la bouche, la langue, me serre.

Sept ans après mon premier séjour en URSS, une révélation sur mon rapport à l'homme (à un seul homme, lui, pas un autre, comme autrefois à Claude G., puis Philippe). Et l'immense fatigue. Il a trente-six ans, en fait trente, grand (près de lui, sans talons, je suis petite), mince, les yeux verts, châtain clair. La dernière fois que j'ai pensé à P., c'était dans le lit, après avoir fait l'amour, une légère tristesse. Maintenant, je ne pense qu'à revoir S., aller jusqu'au bout de cette histoire. Et, comme en 63 avec Philippe, il revient à Paris le 30 septembre.

Jeudi 29

Parfois, je saisis son visage, mais très fugitivement. Là, maintenant, il se perd. Je sais ses yeux, la forme de ses lèvres, de ses dents, rien ne forme un tout. Seul son corps m'est identifiable, pas encore ses mains. Je suis mangée de désir à en pleurer. Je veux la perfection de l'amour comme j'ai cru atteindre en écrivant *Une femme* la perfection de l'écriture. Elle ne peut être que dans le don, la perte de toute prudence. C'est déjà bien commencé.

Vendredi 30

Il n'a pas encore appelé. Je ne sais pas l'heure d'arrivée de son vol. Il représente cette lignée d'hommes un peu timides, grands et blonds, qui a jalonné ma jeunesse, que je finissais par envoyer aux flûtes. Mais je sais maintenant que ceux-là seuls peuvent me supporter, me rendre heureuse. Pourquoi cet étrange accord silencieux de ce dimanche à Leningrad, si tout doit s'arrêter ? Au fond, je ne crois pas possible qu'on ne se voie pas, mais quand.

Octobre
Samedi 1ᵉʳ

Il était une heure moins le quart. Le vol avait trois heures de retard. Le bonheur douloureux : au fond, pas de différence entre le fait qu'il ait appelé, et l'absence d'appel, la même tension atroce. Depuis l'âge de seize ans, je connais cela (G. de V., Claude G., Philippe, les trois principaux, puis P.). Est-ce la « belle histoire d'amour » qui commence ? J'ai peur de mourir en voiture (ce soir, Lille-Paris), peur de tout ce qui empêcherait de le revoir.

Fatigue, torpeur. Dormi quatre heures après le retour de Lille. Deux heures à faire l'amour dans le studio de David. [David et Eric sont mes deux fils.] Meurtrissures, plaisir, et toujours la pensée de profiter de ces instants, avant le départ, la lassitude. Avant la terrible menace « je suis trop vieille ». Mais, à trente-cinq ans, j'aurais pu être jalouse d'une belle femme de cinquante.

Parc de Sceaux, les plans d'eau, un temps froid et humide, l'odeur de terre. En 71, quand j'étais ici pour passer l'agreg, je n'aurais pas deviné que je reviendrais dans ce parc avec un diplomate soviétique. Déjà, je me suis vue revenant dans quelques années sur la trace de cette promenade d'aujourd'hui, comme je l'ai fait à Venise, il y a un mois, en souvenir de 63.

Il aime les grosses voitures, le luxe, les relations, très peu intellectuel. Et cela même est un retour en arrière, image de mon mari, détestée, et qui, ici, parce qu'elle correspond à une période de ma vie passée, est très douce, positive. Je n'ai même pas peur en voiture avec lui.

Comment faire pour que mon attachement n'apparaisse pas trop vite, pour que la difficulté de me garder lui apparaisse de temps à autre...

Lundi 3

Hier soir, il a appelé, je dormais, il voulait venir. Je ne pouvais pas (Eric présent). Nuit agitée, que faire de ce désir, et encore aujourd'hui, où je ne le verrai pas. Je pleure de désir, de cette faim absolue que j'ai de lui. Il représente la part de moi-même la plus « parvenue », la plus adolescente aussi. Peu intellectuel, aimant les grosses voitures, la musique en roulant, « paraître », il est « cet homme de ma jeunesse », blond et un peu rustre (ses mains, ses ongles carrés) qui me comble de plaisir et auquel je n'ai plus envie de reprocher son absence d'intellectualité. Il faudrait tout de même que je dorme vraiment, je suis aux limites de l'épuisement, incapable de faire quoi que ce soit. Le deuil et l'amour sont pour moi une seule et même chose dans ma tête, mon corps.

Chanson d'Édith Piaf, « Mon Dieu, laissez-le-moi, encore un peu, un jour, deux jours, un mois… le temps de s'adorer et de souffrir… » Plus je vais, plus je me donne à l'amour. La maladie et la mort de ma mère m'ont révélé la force du besoin de l'autre. Je m'amuse de l'entendre, S., me répondre, quand je lui dis « je t'aime » : « Merci ! » Pas loin de « Merci, il n'y a pas de quoi ! » En effet. Et il dit : « Tu verras ma femme », avec bonheur, fierté. Moi, je suis l'écrivain, la pute, l'étrangère, la femme libre aussi. Je ne suis pas le « bien » qu'on possède et qu'on exhibe, qui console. Je ne sais pas consoler.

Mardi 4

Je ne sais pas s'il a envie de continuer. Maladie « diplomatique » (rire !). Mais je suis au bord des larmes, car c'est la fête qui n'a pas lieu. Que de fois ai-je attendu, me préparant, « belle », accueillante, puis rien. Cela n'a pas eu lieu. Et il m'est, lui, tellement impénétrable, mystérieux, par nécessité, sans doute plein d'une naturelle duplicité. Il est au Parti depuis 79. Fier, comme d'une promotion, d'un examen : il fait partie des meilleurs serviteurs de l'URSS.

Seul bonheur aujourd'hui : me faire draguer dans le RER par un jeune loubard et retrouver ce langage, qui me vient aux lèvres spontanément, « je te fous deux baffes si tu continues, etc. ». Être l'héroïne d'une drague ordinaire, crapuleuse (deux comparses observant la scène), dans un RER désert.

Est-ce que le bonheur avec S. est déjà passé ?

Mercredi 5

Neuf heures, hier soir, appel… « Je suis là, près de toi, à Cergy… » Il est venu et nous sommes restés deux heures enfermés dans mon bureau, David étant là. Cette fois, aucune retenue de sa part. Je n'ai pu dormir, me détacher de son corps, qui, parti, était encore là, en moi. Tout mon drame est là, mon incapacité à oublier l'autre, à être autonome, je suis poreuse aux phrases, aux gestes des autres, et même mon corps absorbe l'autre corps. Il est si difficile de travailler après une telle nuit.

Jeudi 6

Hier soir, il est venu me chercher à Cergy et nous sommes allés au studio de David, rue Lebrun. Pénombre, son corps visible et voilé, la même folie, presque trois heures. Au retour, il conduit vite, avec la radio (« En rouge et noir… », une chanson de l'an passé), appels de phares. Il me montre la voiture puissante qu'il désire s'acheter. Parfaitement parvenu et un peu rustre (« ce sont encore les vacances, on peut se voir », me dit-il…). Et misogyne : les femmes en politique, il s'en tord de rire, elles conduisent mal, etc. Et c'est moi qui trouve cela réjouissant… mon étrange plaisir de tout cela. De plus en plus « l'homme de ma jeunesse », l'idéal décrit dans *Les armoires vides*. Arrivés au portail de la maison, une dernière scène, superbe, je le sens, pour la réalisation de cette chose-là qu'à défaut d'autres mots on appelle l'amour : il laisse la radio (Yves Duteil, « Le petit pont de bois ») et je le caresse avec la bouche, jusqu'à sa jouissance, là, dans la voiture arrêtée allée des Lozères. Après, nous nous perdons le regard l'un dans l'autre. Au réveil, ce matin, je me repasse la scène, interminablement. Il n'y a pas une semaine qu'il est rentré en France et déjà tant d'attachement, de liberté des gestes (nous avons presque tout fait de ce qui peut se faire) par rapport à Leningrad. J'ai toujours fait l'amour et j'ai toujours écrit comme si je devais mourir après (d'ailleurs, envie d'accident, de mort, en revenant sur l'autoroute hier soir).

Vendredi 7

Ne pas avoir épuisé le désir, au contraire, renaissant avec plus de douleur, de force. Je ne sais plus son visage en dehors de sa présence. Même quand je suis avec lui, je ne le vois plus comme avant, il a un autre visage, si proche, si évident, comme un double. C'est presque toujours moi qui dirige, mais selon son désir. Hier soir, je dormais quand il a appelé, comme souvent. Tension, bonheur, désir. Mon prénom murmuré avec cet accent guttural, qui palatalise et accentue la première syllabe, rend la seconde très brève [âni]. Jamais personne ne dira ainsi mon prénom.

Je me souviens de mon arrivée à Moscou, en 81 (vers le 9 octobre), le soldat russe, si grand, si jeune, mes larmes spontanées d'être là, dans ce pays quasi imaginaire. Maintenant, c'est un peu comme si je faisais l'amour avec ce soldat russe, comme si toute l'émotion d'il y a sept ans aboutissait à S. Il y a une semaine, je ne prévoyais pas l'embrasement. La phrase d'André Breton, « nous fîmes l'amour comme le soleil bat, comme les cercueils claquent », à peu près.

Samedi 8

Studio rue Lebrun. Un peu de lassitude au début, puis la douceur, l'épuisement. À un moment, il me dit « je t'appellerai la semaine prochaine » = je ne veux pas te voir durant le week-end. Je souris = j'accepte. Souffrance, jalousie, tout en sachant qu'il vaut mieux espacer les rencontres un peu. Je me retrouve dans le désarroi d'après la fête. J'ai peur d'apparaître collante, vieille (collante parce que vieille) et je me demande s'il ne faudra pas jouer la séparation, quitte ou double !

Mardi 11

Il est parti à onze heures du soir. C'est la première fois que je vis cette suite d'heures à faire l'amour sans temps mort. À dix heures et demie, il se lève. Moi : Tu veux quelque chose ? Lui : Oui, toi. Re-chambre. Comme la fin octobre sera dure, puisqu'elle signera la fin de nos relations avec l'arrivée de sa femme. Mais pourra-t-il y renoncer facilement ? Il me semble très attaché au plaisir que nous trouvons ensemble. Et l'entendre condamner la liberté sexuelle, la pornographie ! Les mœurs coureuses des Géorgiens ! Maintenant il ose me demander « tu as joui ? ». Pas au début. Ce soir, première fois pour la sodomie. Bien que ce soit lui, pour une première fois. C'est vrai qu'un homme jeune dans son lit fait oublier l'âge et le temps. Ce besoin d'homme, qui est si terrible, voisin du désir de mort, et anéantissement de moi, jusques à quand...

Mercredi 12

J'ai la bouche, le visage, le sexe meurtris. Je ne fais pas l'amour comme un écrivain, c'est-à-dire en me disant que « ça servira » ou avec distance. Je fais l'amour comme si c'était toujours — et pourquoi ne le serait-ce pas — la dernière fois, en simple vivante.

Réfléchir : à Leningrad, il était très gauche (par timidité ? ou relative inexpérience ?). Il le devient de moins en moins, donc serais-je en quelque sorte une initiatrice ? Ce rôle m'enchante, mais il est fragile, ambigu. Il n'est pas promesse de durée (il peut me repousser comme pute). L'inconscience ou les contradictions m'amusent : il me parle de sa femme, de la façon dont ils se sont connus, de la nécessaire contrainte des mœurs en URSS et, cinq minutes après, il me supplie de faire l'amour, de monter dans la chambre. Quel bonheur tout cela. Et naturellement, il a eu un mouvement de joie manifeste quand je lui ai dit, « comme tu fais bien l'amour ! » mais moi aussi j'avais aimé qu'il me dise quelque chose d'analogue, à Leningrad.

Jeudi 13

Il faudrait évoquer ce rapport constant entre l'amour et le désir de fringues, insatiable (tout en le soupçonnant inutile au regard du désir). Idem en 84, où je ne cessais d'acheter jupes, pulls, robes, etc., sans regarder au prix. La dépense en tout.

Cette attente du téléphone. En plus, une complète impénétrabilité : qu'est-ce qui l'attache à moi ?

Et je commence à apprendre le russe !

Samedi 15

Le pas dans l'escalier, rue Lebrun. Il ne cogne pas, essaie d'entrer. Je tourne la clef. Corps doux, lisse, peu viril, sauf... Et grand, beaucoup plus grand que moi. Ce geste d'éteindre la lumière pour faire l'amour, interminablement. En rentrant, il conduit très vite, et j'ai la main sur sa cuisse, le stéréotype. Amour/mort, mais combien intense.

Mardi dernier, près de la Défense, je pensais combien j'aimais ce monde de la ville, ce paysage de tours, de lumières et même de voitures, ces lieux anonymes et pleins, où j'ai vécu, je vis, des rencontres et des passions. (Yvetot, le Mail, les dimanches vides, trois pelés un tondu, « en sortirai-je jamais... »)

De toute façon, S., c'est *déjà* une belle histoire (trois semaines seulement).

Lundi 17

Croire toujours à l'indifférence : aujourd'hui certitude qu'il n'y aura pas de suite à la fin octobre, et peut-être même avant. Pensé que je ne lui avais pas demandé le prénom de sa femme (les formes subtiles de la jalousie ou le désir de néantiser l'autre femme).

Mardi 18/Mercredi 19

1 heure et demie. Il est parti à une heure moins le quart après être arrivé avec moi de Paris à huit heures et demie. Il fait l'amour (nous, plutôt) avec un désir de plus en plus aigu, profond, il parle, boit de la vodka, et nous refaisons l'amour, etc. Trois fois en quatre heures. Mes mardis valent ceux de la rue de Rome (je parle de Mallarmé — et de moi, il y a quatre ans, avec P.). Naturellement, peu de pensée, ou plus exactement, la pensée sans issue : le présent, la peau, l'Autre. À chaque minute, je *suis* ce présent qui fuit, dans la voiture, dans le lit, dans le salon quand nous parlons. La précarité donne une intensité absolue, violente, à ces rencontres.

Après, dans la journée, je ne me dégage pas de cette présence. Par éclairs, je revois les moments de l'amour (il me demande de me tourner — il est sur le dos et gémit sous la fellation — il me dit « tu fais l'amour incroyable » — il me guide doucement vers son ventre, prenant enfin des initiatives). Puis le souvenir, l'engourdissement, disparaissent, j'ai besoin à nouveau de lui, mais je suis seule. Je recommence d'attendre. Dans ces conditions, je ne vois pas quand je travaillerai (cours ou livre), à moins que tout ne s'arrête.

Vendredi 21

Rien depuis mardi soir. Ne jamais savoir pourquoi. Attendre. Je travaille dans la fureur au jardin. Quelques heures encore et il sera trop tard pour avoir un rendez-vous ce soir, à Paris. Je n'ai pas pleuré une seule fois depuis le début de cette histoire. Ce soir, peut-être, si nous ne nous voyons pas.

Samedi 22

Je pars pour Marseille sans qu'il m'ait donné signe de vie. Pleurs naturellement, hier soir. Réveillée à deux heures du matin, douleur et indifférence à la mort, désir même. Puis, écrire, l'idée que je pourrais écrire sur « cette personne », les rencontres, remplace l'idée de la mort. Et je comprends que, depuis toujours, le désir, l'écriture et la mort ne font que s'échanger pour moi. Ainsi, hier, une phrase de mon livre sur ma mère m'est revenue. « C'est au-dehors que j'étais le plus mal. » J'aurais pu le dire pour cette journée où tout amour m'a paru perdu. Je sais que *Les armoires vides* ont été écrites sur fond de douleur et d'union détruite. Je sais qu'entre Philippe et moi, il y a eu la mort, cet avortement. J'écris à la place de l'amour, pour remplir cette place vide, et au-dessus de la mort. Je fais l'amour avec ce même désir de perfection que dans l'écriture.

Rêvé que je dérobais, pour la conduire, l'Alpine Renault que nous avions il y a neuf ans. Symbole si clair : cette voiture est l'objet qui séduirait S., fou de bagnoles rapides et « classe ». Quel malentendu. Je ne lui plais que par mon statut d'écrivain, ma « gloire » et tout cela est bâti sur ma souffrance, mon incapacité à vivre, justement à l'œuvre dans notre histoire.

Dimanche 23

Ce matin, presque seule dans le café « Les deux garçons » à Aix-en-Provence. Souvenir de Bordeaux, 1963. Mon amour des cafés, l'anonymat, la rencontre. Ressemblance avec 63, dans la douleur, le malaise. Aucun signe depuis la nuit de mardi à mercredi. Ne pas savoir. Une telle indifférence de sa part est évidemment glaçante pour l'imagination. Il m'appelait la nuit. Quinze jours. Et déjà si lointain. Dans le TGV, un désir de lui à hurler. Me repasser la dernière fois, inlassablement, les gestes, les mots (si rares). Mais c'est à dix-huit ans que j'étais folle, que je voulais mourir. Maintenant je ne suis plus dans la même désespérance.

Lundi 24

11 h 10, le téléphone. Pour mercredi (peut-être). Évidemment, toutes ces choses nocturnes n'ont pas la même importance pour lui que pour moi. J'ai trop de temps pour penser à la passion, c'est mon drame. Aucune tâche venue impérativement du dehors. La liberté me porte à la passion, tellement occupante.

Mercredi midi. Déjeuner avec l'ambassadeur d'URSS, Riabov, et le président de la VAAP. S. y sera forcément. Situation excitante et gênante à la fois. La perfection serait qu'il vienne le soir, après cette cérémonie publique, où nous aurions en apparence été indifférents l'un à l'autre. C'est un charme inépuisable que la clandestinité.

Mardi 25

Le matin, je rêve, je rêve, imaginant ce qui, dans deux jours, sera derrière moi. Je me fixe mal ensuite sur ce que je fais, dans la mesure où mes rêves ne sont pas gratuits mais destinés à se réaliser. Ils sont déjà de la réalité, ils en font partie. Bien que — ce qui me surprend — le réel passé soit, peut-être, plus merveilleux (comme Leningrad). Je voudrais une sorte de perfection à cette journée de demain, et ce sera peut-être la catastrophe : dîner ennuyeux et impossibilité de se voir le soir. En tout cas, tailleur noir, chemisier vert avec collier de perles, celui que j'ai gardé pour faire l'amour (s'il sait voir, à table…). Je sais qu'en ce moment — tout le monde me le dit et je n'arrête pas d'être draguée, hier encore, à Auchan — je n'ai jamais été aussi belle. Plus qu'à vingt ans, trente ans. Le chant du cygne. (C'était d'ailleurs le spectacle de ballet de Leningrad.) Maintenant, je me souviens de ce qui s'est passé, dans la chambre de Leningrad : j'étais prête à sortir, j'allais refermer la porte, et je suis re-rentrée. Il devait être très proche, puisque nous nous sommes agrippés l'un à l'autre immédiatement.

Mercredi 26

Dire le bonheur de ce déjeuner. Qu'il soit là, en face. Savoir que je le verrai le soir. Savoir que nous sommes amants. Et ne rien laisser paraître (pas assez, peut-être, en ce qui me concerne ?). Il est maintenant vingt heures. Il doit venir dans une heure ou deux. Ces heures d'attente sont la fin du monde, un bonheur immense mais qui n'est pas accompli. L'avant-bonheur. Enfin, je sais que tout peut arriver, qu'il puisse ne pas venir, un accident. La chanson de Piaf : « Mon Dieu, laissez-le-moi encore un peu… Même si j'ai tort, laissez-le-moi encore. » Tant de beauté, de désir. Effacer octobre 63. Jeunesse si maladroite, si effroyablement maladroite.

Jeudi 27

10 heures moins 20, peut-être. Il repart à trois heures moins le quart du matin. « J'ai conduit comme un fou. » Je ne peux plus rien détacher de cette partie de nuit vécue

ensemble. L'amour, inlassablement, des corps (mais est-ce alors le corps ? qu'est-ce que cette chose affamée, au-delà même du désir ?) jamais détachés, ou si peu de temps. Et cela ressemblait à une dernière fois, bien qu'il souhaite me revoir, malgré sa femme.

En un mois, nous sommes passés de l'amour mal fait à une sorte de perfection, enfin, presque. Il résiste au sentiment, et il le faut — que ferais-je d'un homme qui voudrait changer ma vie — mais pas à l'attachement sensuel. Plus désireux maintenant de « donner », comme moi j'ai envie de donner, bien qu'il conserve une certaine brutalité significative d'un manque d'expérience. Impression qu'il découvre vraiment ce que peut être l'amour, qu'il désire *tout* faire (ainsi sa demande à propos de faire l'amour entre les seins, mes seins). Il est parti, j'ai comme dormi dans son corps.

Le mercredi 26 octobre a été une journée parfaite.

Il énumère : sa chemise Saint Laurent, son veston Saint Laurent, la cravate Cerruti, le pantalon Ted Lapidus. Le goût du luxe, de ce qui manque en URSS. Comment, moi, l'ancienne adolescente mal fringuée, brûlant de désir pour les robes des filles riches, pourrais-je le lui reprocher. Et il m'a semblé que tous ces vêtements étaient neufs, qu'il souhaitait être de mieux en mieux habillé. La parure, la parade amoureuse. Tout cela aussi est beau.

Mon prénom dans la nuit, lamentation de plaisir. Adoration de son sexe. Je pense aux peintures du Christ nu, décollé de la croix, quand il est à demi soulevé, voulant me voir le caresser (pas au début de notre relation), jouissant de cette image de moi, adorante. La courbe de son buste, de son ventre, la blancheur de sa peau dans la pénombre. Je suis si fatiguée... incapable de rien faire d'autre que cela : écrire sur lui, sur « cela », si mystérieux, si terrible.

Maintenant, je ne cherche plus la vérité dans l'amour, je cherche la perfection d'une relation, la beauté, le plaisir. Éviter ce qui blesse, donc dire ce qui lui sera agréable. Éviter aussi ce qui, tout en étant vrai, donnerait une image de moi peu gratifiante.

L'ordre de la vérité ne peut être que dans l'écriture, non dans la vie.

Dimanche 30

Je suis allée à La Rochelle, ciel clair le dimanche, l'ouverture du port. Dans le train, je me suis efforcée de lire et toujours l'obsession de ceci : sa femme arrive. Hier soir, vers minuit et demi, il appelle pour me voir dans la semaine, lundi ou mardi. Et je dis alors tout haut, après, plusieurs fois : « Quel bonheur ! » De l'avoir entendu, de savoir que cela continue. Cet après-midi, pensé au jour de décembre, à seize ans, où, pour rencontrer G. de V., j'ai tenu toute la journée en classe avec 39° de fièvre, prête à aller au cinéma le lendemain avec 40°. Il ne pouvait y aller. Je suis rentrée chez moi, je me suis couchée et j'ai eu un début de pneumonie, quinze jours au lit. Je suis toujours la même. Seulement moins longtemps peut-être (je veux dire, moins longtemps capable de telles folies). C'est vrai, ce que j'ai écrit à S. : « C'est comme si avant toi il n'y avait eu personne. »

Novembre
Mardi 1ᵉʳ

Hier midi, au studio rue Lebrun, donc
moins intime (la télé du voisin). Il arrive,
glacé par les premiers froids (0°), il a un tricot
de corps très soviétique. Je vois ses ongles mal
faits (toujours le côté rustre, noté à la rési-
dence de l'ambassadeur, chez tous les Soviétiques). Et justement, ces signes sont pour moi
plus attachants que n'importe quoi. Après, je
vais chez Héloïsa et Carlos Freire. Il y a là José
Artur, je l'ignorais, et j'arrive, lasse, auréolée
d'une forte odeur d'homme, le visage mar-
qué des baisers (c'est un fait, cela se voit, j'ai
des plaques rouges sur le menton). Toute ma
douleur est là : à peine l'ai-je vu, ai-je cuvé
l'amour que nous faisons sans presque de
repos, que j'attends de le revoir. Mais novembre ne pourra être ce mois d'octobre
étincelant, par suite de la présence de sa
femme, et aussi parce que la passion s'amortit
inexorablement.

Souvenir, hier soir : j'ai gardé plusieurs mois, dans ma chambre à Yvetot, la culotte avec du sang de la nuit de Sées, en septembre 58. Au fond, je « rachète » 58, l'horreur des trois derniers mois de 58 sur laquelle j'ai bâti ma vie, et qui est — mal — transposée dans *Ce qu'ils disent ou rien.*

Vendredi, vendredi… Présentation, horrifiante à prévoir, de sa femme. Être, moi, la plus belle, la plus étincelante, désespérément.

Mercredi 2

Je rêve toujours de quelque chose de plus : ainsi, de rencontres particulières, dans la Nièvre ou ailleurs, etc. Ne pouvant m'arrêter à la répétition des relations actuelles. (Sans doute est-ce pour cela que j'ai voulu le mariage avec Philippe, ne soupçonnant pas que cela était la fin du rêve.)

Soir. Une semaine. Ce sentiment alors que rien ne serait jamais aussi fort. Je le crains de

plus en plus. Il ne pourra plus venir le soir à
Cergy. Le studio me révulse, avec sa lumière,
le bruit des voisins. Impression que tout cela
va se terminer, lentement. Je ne parle pas sa
langue. Il ne m'appelle jamais autrement que
pour faire l'amour (j'allais dire « baiser »,
plus net). Mais vendredi à l'ambassade, il y
aura au moins la satisfaction de la clandestinité, de ce que nous savons l'un de l'autre, de
nos corps, de nos souffles, de la bête enfouie,
de ce qui est pour moi l'essentiel, et que les
autres ne soupçonnent pas. La révolution
d'Octobre ! Ces larmes, en arrivant à Moscou
en 81, étaient-elles prémonitoires ?

Vendredi 4

La révolution d'Octobre… Foule triste de
l'ambassade d'URSS, le « bunker ». S. me
demande, « je peux venir cet après-midi ? ».
Je n'avais pas prévu, d'où l'absence de rêve,
d'attente. A-t-il autant de désir, je ne sais pas,
je crois. Temps superbe, fermer les volets et
son corps retrouvé, le désir plus raffiné, per-
fectionné, avant l'amour.

Angoisse pour le dîner à l'Élysée, lundi, avec Charles et Diana. Ce ne sera donc jamais fini, il y aura toujours quelque chose de plus angoissant que la dernière mondanité ? L'horreur du dernier déjeuner chez Gallimard avec F. Mitterrand va donc être dépassée ?

Début de cahier. Souhaits : avoir une relation de plus en plus forte avec S. — écrire comme je le désire un livre plus vaste à partir de début 89 — ne pas avoir de problèmes d'argent.

Lundi 7

Il est évident que j'ai accepté d'aller ce soir au dîner de l'Élysée pour S. Me faire valoir à ses yeux dans l'ordre qui est le sien, la gloire visible. Je considère ce « passage » comme une épreuve à vaincre, un défi nécessaire : aller jusqu'au bout de la mondanité, de ce qui fut non un rêve mais une réalité dont je me savais exclue à seize ans (en 56, je lis — par quel hasard — *Le Figaro*, dans mon lit, quand je suis malade, et je souffre de savoir que G. de V. va dans ces milieux, que j'en suis tellement « indigne »).

Mardi 8

Cette fois, un véritable désir de connaître le faste, le sommet des honneurs. Mon angoisse furieuse en arrivant en retard, crainte de ne pas « en être » au dernier moment. Slaloms en R5 sur les Champs-Élysées, avenue de Marigny. Est-ce que le prince Charles était *réel* pour moi ? Dîner royal, musique. Je pensais que cette « entente cordiale » du vieux monde serait peut-être un jour balayée par d'autres forces. Je songeais à l'URSS, à la Chine. Peut-être étions-nous semblables hier soir à ces gens de 1913 ou de 1938, dans ces mêmes salons dorés. Fugitivement aussi, le dîner de Madame Bovary à Vaubyessard. Tout cela ne vaut pas pour moi le désir d'un homme, la soirée de Leningrad. Et si je rêve de retourner à Moscou — folie sans doute — en même temps que Mitterrand fin novembre (qui s'est très bien souvenu que nous avions parlé ensemble de Venise chez Gallimard : « Cet été je suis allé à Venise et j'ai pensé à vous », m'a-t-il dit), c'est pour « offrir » cet honneur à S., me faire aimer. Pourtant je sais que l'amour n'a souvent que faire de tout cela (ainsi les honneurs dont S. pourrait être comblé m'ennuieraient plutôt).

S. est né le 6 avril 53. Ma mère est morte le 7 avril. Eric a été conçu le 2 avril.

À nouveau désir de le voir. Pourtant, cela se résume à ceci : il baise, il boit de la vodka, il parle de Staline.

J'ai un tout autre rapport au temps qu'autrefois, ou avec P. Chaque fois que nous sommes ensemble, je sais que quelque chose de terriblement intense s'est ajouté qui, à force, nous éloignera l'un de l'autre. La lucidité actuelle, l'absence de souffrance (muselée, plutôt), me laisse de façon plus pure face au temps.

Je le vois, homme mûr, avec un peu de ventre, les tempes grises. Que serai-je devenue dans son souvenir ?

Hier, Yvetot. Sitôt que j'arrive là, je pleure. J'ai écrit dans *Une femme* : « Elle servait des pommes de terre pour que je sois ici à écouter parler de Platon. » Et hier, je pensais : « Ils ont vécu et ils sont morts pour que j'aille à une réception de l'Élysée… » Une histoire n'est jamais finie. J'ai appris hier de mes tantes que ma mère avait rencontré un monsieur « bien » à Annecy, qu'elle avait hésité à se remarier. Je sais maintenant pourquoi elle était allée consulter une voyante, l'avenir encore, à soixante-cinq ans, peut-être plus. Cela me trouble et me plaît. Je suis la fille de cette femme de désir, mais qui n'osait pas aller jusqu'au bout. Moi oui. J'attends S. La présence d'Eric m'est insupportable, il reste jusqu'à la dernière minute, m'empêchant de rêver, d'attendre. Toujours l'anxiété de voir l'amour diminuer.

Soir. Non, cela est toujours aussi fort. Je regrette de lui avoir montré le début de ce journal. Ne jamais rien dire, ne jamais montrer trop d'amour, la loi proustienne. Lui, il la

connaît, d'instinct. Mais je voyais — la demi-
bouteille de vodka qu'il a bue aidant — que la
passion était réciproque. Il part dans un an,
sans doute. Il dit : « Ce sera dur. » Au début,
je ne comprends pas bien mais il ajoute :
« J'espère que pour toi aussi ce sera dur. »
Voilà sa façon de dire qu'il tient à moi. On a
fait l'amour pendant des heures. Une fois
encore quelque chose de différent. Il parle
plus, il ose dire des mots érotiques. Tous ses
gestes sont amour, comme les miens.

Vendredi 11

Comme toutes les soirées où il est venu, je
ne dors pas, je suis encore dans sa peau, dans
ses gestes d'homme. Aujourd'hui, je serai
encore entre deux eaux, entre la fusion et le
retour au moi. Et toujours l'émergence de
certains moments, au milieu de l'ensemble
que constitue la soirée. Ses paroles dans la
cuisine, « ce sera dur », ensuite ses yeux, dans
le fauteuil, avant son départ. La dernière
fois, dans la chambre, sa douceur, ses mots

érotiques, avec son accent russe, ses « tu es magnifique » murmurés.

Écrire cela : je me suis aperçue que j'avais perdu une lentille. Je l'ai retrouvée sur son sexe. (Pensé : Zola perdait son lorgnon dans les seins des femmes. Moi je pers ma lentille sur le sexe de mon amant !)

Je compare avec la nuit de Leningrad, comme il a changé, sa gaucherie alors. Je crois que ça s'appelle la passion maintenant.

Samedi 12

Il y a quatre ans, c'était le Renaudot. Je préfère être aujourd'hui. Dans cette attente et ce désir perpétuels. J'ai eu envie de reconstituer le voyage en URSS, ce que je n'aurais certainement jamais fait s'il ne s'était achevé avec S.

Dimanche 18 septembre, le soir. La voiture dont les essuie-glaces ne fonctionnent pas, le rock à pleins tubes dans la voiture qui nous amène de l'aéroport à l'hôtel Rossia. Nuit glacée. Je vois de ma fenêtre la Moskova.

Lundi 19, éditions Narodna Cultura. Réunion à la Maison des Écrivains, déjeuner. Promenade place Rouge, avec R.V.P., Marie R., Alain N. Retour par les jardins. Je nous revois tous dans ces endroits déserts. Départ pour Tbilissi (S. est à côté de moi dans l'avion et ça m'ennuie, je voudrais dormir). Soir à Tbilissi : au seizième étage, on fonde la cellule Koïba 16 en dérision !

Mardi 20. Visite de Tbilissi, église suspendue

    Déjeuner à l'hôtel

    Musée

    École de traduction

    Film *Don Quichotte*, S. est à côté de moi

Mercredi 21. Réunions diverses

    Monastère, ancienne capitale

    Retour à Moscou. Hôtel du Comité central

Jeudi 22.

    Visite du Kremlin

    Cirque

    Dîner chez le correspondant de *L'Humanité*

Vendredi 23. Télé le matin
Déjeuner à l'ambassade de France
Rencontres diverses
Rue de l'Arbat
Samedi 24 Zagorsk
Déjeuner dans le Musée
Repas au siège de la VAAP
Départ pour Leningrad par le train
Dimanche 25 Maison de Dostoïevski
Déjeuner hôtel (S. à côté de moi)
L'Ermitage
Les ballets
Dîner hôtel, avec orchestre.

Mardi 15

L'attente commence au réveil. Il n'y a jamais d'après, c'est-à-dire que la vie s'arrête au moment où il va sonner, entrer. La peur qu'il ne puisse venir, tenaillante. Cette précarité continuelle constitue la beauté de toute cette histoire. Mais je ne sais pas comment il tient à moi. Dire « par les sens » ne veut rien dire. Ce serait, de toute manière, la plus belle façon, la plus vraie, la plus claire.

16 heures. Je me souviendrai de ces superbes après-midi de novembre, pleins de soleil. Cette attente de S. Le bruit de la voiture qui annonce l'entrée dans un autre temps, celui justement où le temps disparaît, remplacé par le désir.

Minuit. Soirée folle. Il a trop bu. La voiture ne démarre pas, à dix heures et demie. Manœuvres stupides, dangereuses. Je le supplie d'attendre que le moteur ne soit plus noyé. Il ne tient pas debout, ou très mal. Il veut faire l'amour, dans l'entrée, puis la cuisine. La tête en bas, très intéressant : cette dérisoire gymnastique de l'homme et de la femme pour signifier l'amour, le *réaliser*, encore et encore. Encore plus de désir. Il a dit une fois « mon amour » mais il ne dira pas « je t'aime », ainsi ce qui n'est pas dit n'existe pas. J'ai peur qu'il rentre « mal », qu'il ait un accident. L'empêcher de boire autant la prochaine fois, s'il y a une prochaine fois, superstition traditionnelle. Nous sommes dans l'ordre de la passion.

Un peu de goût de l'abjection, hier, comme d'habitude. Lorsque nous sommes montés, la dernière fois, odeur de la bière, âcre, ses mots, « aide-moi » (à jouir). Puis, après les problèmes de voiture, dans l'entrée, à moitié habillé, contre le radiateur. Dans la cuisine. Et il est visiblement ivre. Les mots français se sont enfuis, il ne parle presque plus, il me désire seulement.

Avant, il m'avait parlé de son enfance, de la Sibérie où il a travaillé au flottage du bois. Les ours en liberté. Il est assez antisémite, pour ne pas dire réellement : « F. Mitterrand n'est-il pas juif ? » (!) C'est comme si je n'y croyais pas, qu'il soit purement le fruit de l'endoctrinement, que sa responsabilité ne soit pas engagée.

J'ai peur qu'il se réveille de l'« enfer des sens » jusque-là inconnu de lui et dans lequel nous plongeons (il ne reste plus grand-chose à faire du Kama-sutra depuis hier. Il sait par avance ce que j'ai imaginé, très étonnant.

Mais ne s'informe-t-il pas quelque part ? Livres, films érotiques ?).

Dogme de la nature, en lui, comme chez les écrivains Raspoutine, Astafiev : « L'amour, l'alcool, c'est naturel. »

Ce visage d'enfant souffrant, que donne le désir éperdu, inextinguible, hier soir était le sien. Moi je sais que je l'ai toujours dans ces moments.

Je viens de relire les épreuves de *Ce qu'ils disent ou rien* pour l'édition Folio. Je ne l'avais pas fait depuis onze ans. Je n'ai pas changé, je suis cette fille qui croit au bonheur, attend et souffre. Ce livre, très oral, est bien plus profond (à propos des mots et du réel) que la critique ne l'a dit.

Jeudi 17

Le cycle recommence : une journée dolente, anesthésiée, où je suis incapable de faire quoi que ce soit de créatif. Puis l'attente revient, le désir, la souffrance, puisque, dans le type de relation que nous avons, je suis à la merci de ses appels téléphoniques. Et je dois écrire sur la Révolution. C'est l'horreur. Et je ne sais toujours pas comment il est rentré mardi soir, si sa femme s'est aperçue de quelque chose, s'il a « parlé », la pire chose qui soit. Ma vie n'a pas d'autre avenir en ce moment que le prochain coup de téléphone, le soir. Sa mort serait pour moi une atrocité dont je ne sais pas si je reviendrais. Je suis depuis hier — mais ce matin surtout — dans une angoisse profonde, à cause de ce retour dans la nuit de mardi à mercredi. Il était vraiment ivre. J'ai une envie folle de téléphoner à l'ambassade, ne pas le faire, évidemment. Je suis vraiment amoureuse.

Vendredi 18

Se réveiller à quatre heures et demie, et cette pensée, « il n'a pas téléphoné » (dans la nuit, comme il le fait parfois). Le temps se déploie : ainsi, quinze jours seulement, la réception à l'ambassade pour la révolution d'Octobre ! Mon angoisse alors de rencontrer sa femme, qui n'est pas venue finalement. Le présent est si fort, si haletant, que l'avenir et le passé me semblent à des années-lumière.

Il « devrait » appeler ce soir : en général, il le fait trois jours après la dernière rencontre. Mais le « devoir », la « régularité » n'ont pas vraiment leur place ici.

Samedi 19

Je me pose vraiment la question : faut-il continuer de vivre ainsi, dans l'attente et le déchirement, l'anesthésie et le désir, alternativement. Ressemblance absolue entre le comportement que j'ai eu lors de la mort de ma mère et maintenant, faire quelque chose pour elle/lui. Ici, sortir pour acheter de la vodka, peut-être aussi une jupe courte et étroite, « à la mode » (d'autant plus que je sais que sa femme n'en porte pas). C'est l'enfer adorable, mais enfer tout de même.

Je me demande si lui-même n'a pas peur de ce qui se passe entre nous, depuis mardi.

Dimanche 20

Téléphone hier soir, à sept heures et demie. Et aussitôt, tout se retourne, comme d'habitude : sorte de tranquillité, bonheur étale, puis l'attente du prochain rendez-vous, le désir, les gestes prévus. Naturelle-ment, très peu envie de travailler (texte sur la Révolution).

Mardi 22

Ce soir, soirée chez Irène. Il y sera avec sa femme. Épreuve. Surtout parce que nous ne pourrons pas nous voir seuls ensuite. De tels obstacles renforcent le désir, c'est là le seul charme que je puisse leur trouver. Hier soir, il m'appelle, visiblement déjà ivre (cela devient donc très fréquent ? je ne m'en étais pas aperçue à Moscou), cherchant ses mots. Vingt minutes plus tard, il me rappelle et commence par « moi aussi », comme s'il répondait à l'une de mes phrases du précédent appel, peut-être un « je t'aime ». Il est confus, rit trop. Mais il me dit à la fin, en réponse toutefois au mien : « Je t'aime. » Je suis très amoureuse, c'est la belle histoire.

Soir : dur, en effet. J'ai cherché la cause de cette douleur, de cette infinie tristesse en rentrant de la soirée chez Irène. Pas la jalousie. Maria, la femme de S., est peu jolie, certainement quelqu'un de « solide », comme on le dit d'une étoffe, qui n'a rien d'autre. Mais la connaissance, par la mémoire inconsciente, de ce qu'elle pouvait souffrir : j'ai été « elle », autrefois, dans des soirées où mon mari s'intéressait à d'autres femmes, où il y avait G., sa maîtresse. Plusieurs fois, S. me regarde avec intensité. Alors, brusquement, je décide de parler à sa femme. Nous avons « conversé » longtemps ensemble, S., elle, d'autres, comme Marie R. et Alain N. Jouer les sympas — les salopes en fait. D'où ma tristesse. Et aussi, nous voir et rien d'autre, devoir attendre jeudi.

Elle avait une jupe longue, informe, des bas chair, moi une jupe très courte, des bas noirs. On ne pouvait imaginer femmes plus opposées par la taille, la couleur des cheveux et des yeux, le corps (elle est un peu boulotte), les vêtements. La maman et la putain.

Mercredi 23

Difficile maintenant d'oublier cette présence aux côtés de S. (cela, le couple, ce mot abhorré), et en même temps, c'est un accroissement douloureux du désir : je suis, tant que cela dure, la préférée, l'objet du véritable désir. Je comprends Tristan et Yseut, la passion qui embrase et ne peut être éteinte, en dépit, à cause, des obstacles.

Jeudi 24

Brouillard, grisaille. Aujourd'hui, j'ai peur de sa lassitude, et que cela ne dure même pas après Noël. D'ailleurs, cette vie rythmée par les coups de téléphone, les journées, assez rares, somme toute, une fois par semaine (en octobre c'était deux), où l'on se voit, est stupide et vide. Je dis « vide » par rapport au monde (rien ne m'intéresse plus vraiment), pleine par rapport au sentiment. Déceptions aujourd'hui :

1) il ne m'a toujours pas dit les mots tendres attendus

2) après la rencontre à France-URSS, il est reparti avec les filles de l'ambassade sans me raccompagner à Cergy.

Et je m'aperçois que mon article sur la Révolution est d'une nullité glaçante. Dormir, oui.

Et déjà me demander, mais avec dégoût, « quand va-t-il appeler ? »

Vendredi 25

Deux conduites amusantes : je mets des cierges dans les églises pour la réalisation de l'amour et je suis allée cet après-midi au rayon « sexualité » du Printemps. Je feuillette, les gens passent, un homme feuillette aussi, une femme, dont je me demande, parce qu'elle me frôle, si elle n'est pas lesbienne. Puis la caisse, avec *Le traité des caresses* du Dr Leleu et *Le couple et l'amour, Techniques de l'amour physique,* 75 photographies, 800 000 exemplaires vendus. Des femmes derrière moi. Je suis impassible. Le vendeur emballe les livres. Mais je ne paie pas avec ma carte bancaire, afin qu'on ne sache pas mon nom, et je ne lirai pas ces livres dans le RER. J'achète ces livres pour la perfection, la sublimation de la chair.

Dimanche 27

Est-ce une vie ? Oui, sans doute, cela vaut mieux que le vide. Attendre le téléphone, l'appel incertain. Je n'ouvre pas les livres des « techniques physiques », craignant de tomber dans cette torture du désir sans certitude : quand pourrons-nous être ensemble comme dans ces livres… Avouer : je n'ai jamais désiré que l'amour. Et la littérature. L'écriture n'a été que pour remplir le vide, permettre de dire et de supporter le souvenir de 58, de l'avortement, de l'amour des parents, de tout ce qui a été une histoire de chair et d'amour. S'il n'appelle pas d'ici demain soir, c'est-à-dire quatre jours après la dernière rencontre, je pense qu'il faudra commencer à imaginer la fin, et, si possible, la devancer.

Me dire que, cette semaine, l'entrée en possession de sa nouvelle et grosse voiture va certainement l'occuper plus que mon souvenir.

Lundi 28

19 h 30. Peut-être ce qui m'attache le plus à S., c'est mon incompréhension devant ses comportements, la difficulté que j'ai aussi à déchiffrer ses codes culturels, et même à le situer socialement, intellectuellement, toutes choses assez faciles avec un Français.

Attente atroce, je corrige des copies dans la fièvre, m'occuper à quelque chose. Attendre l'appel, la voix, qui dit aussitôt que j'existe, que je suis désirée. Pourquoi, chaque fois, je suis sûre que c'est fini, qu'il n'appellera plus ? Quelle peur ancienne ?

20 h 45. L'appel. Chaque fois, le « destin »,
l'appel téléphonique, le signe venu de l'au-
delà, cette frayeur, ce bonheur aussitôt.
Quand je décroche, la peur atroce que ce
soit un faux signe, une erreur du même
destin. C'est lui. Pour demain, seize heures.
Et c'est le ravageur bonheur, l'effacement
instantané d'une angoisse qui, ce soir, était
au paroxysme... Je n'ai plus envie de corriger ces copies sur lesquelles je m'acharnais
pour oublier. J'ai envie de pleurer, de
rire. Je vais laver le sol, les chiottes, faire
un peu de propreté pour l'accueillir, le
« mâle », l'homme, celui que je reconnais
comme un dieu quelque temps, avant la
désillusion, l'oubli.

Mardi 29

11 heures du soir. Vers quatre heures,
lorsque je l'attendais, une peur très profonde. De le revoir, et donc d'ajouter un
après-midi qui, par accumulation, doit nous
mener à la saturation et à l'absence de désir.
Je ne raisonne jamais en termes d'attache-

ment grandissant au fur et à mesure qu'on se connaît, mais de diminution et de désillusion.

Nous avons fait l'amour comme un soir à Leningrad. Beau. Puis dans l'entrée, comme il y a quinze jours. Beau encore. Mais déjà « comme ». Il avait un slip russe, à l'évidence : blanc, avec un élastique légèrement décousu, trop large. (Mon père eut de ces slips !)

Je suis fatiguée, assez triste, sans doute parce que j'attends trop d'une histoire après n'en avoir attendu rien du tout (à Leningrad).

« Je n'ai pas envie qu'on se quitte ! » dit-il. Oui, bien sûr, mais aussi : « Je fais parfois, souvent, l'amour à ma femme. » Aussitôt je pense, « ces mots-là vont se graver, revenir en force ». Finalement pas autant que je craignais. Ment-il quand il dit n'avoir jamais eu de maîtresse française ? Impression qu'il ne trompe pas beaucoup sa femme, peut-être même suis-je la première depuis longtemps. Après tout, il vient de Paris à Cergy un peu plus d'une fois par semaine et passe la soirée avec moi, je sous-estime peut-être son attachement. Mais maintenant, il ne m'appelle plus que quatre jours après notre dernière rencontre.

Décembre
Samedi 3

Plus de deux mois déjà. Je suis passée ce soir devant Brummell, à l'angle de la rue du Havre et de la rue de Provence. Un mendiant atroce, bouche ouverte, avec une espèce de bonnet bleu tendu. Je reviens sur mes pas, lui donne dix francs en souhaitant que S. m'appelle ce soir. Quatre jours…

10 heures. Pourquoi les signes sont toujours là, ironiques, formidables : il vient de téléphoner. Je pense au mendiant, grand, terrible, douloureux comme le Christ, à mon geste, à cet appel, ce soir. On se verra jeudi. Et je songe à tout ce que je dois faire avant, déjeuner avec Antoine Gallimard, aller au Luxembourg surtout, et je suis lasse.

Que signifie, de toute façon, réellement, ce signe, cet appel depuis le Quartier latin ?

Qu'il pense à moi ? Mais comment ? Il n'est rien de plus impossible à imaginer que le désir, le sentiment de l'Autre. Et pourtant, il n'y a que cela de beau. Je ne rêve que de cette perfection-là, sans être encore sûre de l'atteindre : être la « dernière femme », celle qui efface les autres, dans son attention, sa science de son corps à lui, l'« histoire sublime ».

Mardi 6

Aujourd'hui, je n'ai pu voir S. à cause du repas avec Antoine Gallimard et Pascal Quignard (et mes règles aussi). Triste à crever, parce que je pars pour le Luxembourg, avec horreur, durant deux jours. Et les signes ne marchent pas toujours. Aujourd'hui, j'ai donné à un mendiant de Saint-Lazare, en formant le vœu qu'il m'appelle. Et puis, plus tard, ce punk qui monte dans le train à l'arrêt, avec ses boucles d'oreilles. Et encore, ce chanteur ! Nous sommes dans un monde de mendicité auquel nous nous sommes faits, presque esthétique. Fait partie de la ville, du décor de la gare, des tours ensoleillées au-delà de la ligne de chemin de fer, « Varta », « Salec », tout en haut. « Entrez dans un monde de défi, le monde de Rhône-Poulenc », cette pub d'il y a quelques mois. Tu parles.

Plus d'une semaine que S. est venu. Trop long. Je fais la somme de tout ce que j'ai vécu depuis. Étonnée d'avoir tant vécu de choses désagréables et stupides, le repas avec H., le prix du livre de jeunesse à Montreuil, la fin de ma série de cours sur Robbe-Grillet, et ce repas d'aujourd'hui. Que la vie soit cette accumulation de démarches, d'actions insi-pides, lourdes, trouée seulement de moments intenses, hors du temps, m'est horreur. Je ne supporte que deux choses au monde, l'amour et l'écriture, le reste est noir. Ce soir, je n'ai ni l'un ni l'autre.

Jeudi 8

J'ai peur qu'il ne puisse venir demain, à cause du tremblement de terre en Arménie, services de l'ambassade débordés. Dix jours si longs, et peut-être rien. Tant de désir encore ce matin, dans le train, et, lorsque le moment approche, presque glacée d'angoisse, la peur du « moins », moins de bonheur, moins de désir d'être ensemble qu'avant.

Vendredi 9

10 h 25. Est-ce sa voiture ?

L'angoisse qu'il ne vienne pas, sans prévenir. L'angoisse aussi qu'il soit là, de ce moment où j'entends les freins. Ce bruit-là. Peur de n'être pas assez belle, de ne pas lui donner assez de plaisir surtout. Mais si je n'avais pas toutes ces peurs, cela signifierait mon indifférence.

18 h 10. Il est parti à une heure moins cinq. À peine deux heures et demie ensemble. J'ai envie de penser que cette fois les signes du déclin sont visibles. Mais il n'est pas allé à la conférence de Sakharov, à l'ambassade, pour venir à Cergy. La première fois, nous avons fait l'amour très bien. Mais la seconde, je n'ai pas eu la même impression. Feint-il ?

Insaisissable même dans son comportement sexuel. Je ne sais rien de lui, ce monde russe me restera toujours étranger, ce monde de la diplomatie, de l'appareil. Il est évident que j'ai toujours trop mis d'imagination, de déperdition de moi plutôt, sur un homme. Je ne sais pas comment il tient à moi, si c'est juste par le nom, le fait que je sois écrivain, cela me donne envie de fuir. La peur la plus grande, qu'il ait une autre femme. Il a été attiré par un titre espagnol, « dans les bras de la femme mûre (*madura*) ». C'est moi évidemment. Et comment savoir si certaines choses ne lui déplaisent pas, comme cette invitation à dîner que j'ai faite à Makanine [écrivain russe] ou le coup de téléphone de S.A. lorsqu'il était avec moi.

Comment traduire : l'intérêt pour ce titre, « dans les bras de la femme mûre » (il dit « mûrie ») : aussi bien peur que constat de son propre désir pour ces femmes ?

« Est-ce que tu pars à Noël ? » = ce serait mieux que tu partes, je ne serais pas obligé de venir te voir — ou, ce serait bien si tu restais ?

Il se peut aussi que ces phrases n'aient pas d'importance pour lui, qu'elles soient de celles qu'on dit pour dire…

De même, son absence à la conférence de Sakharov est peut-être voulue, politique, vis-à-vis d'un dissident, lui, l'« orthodoxe ».

Je relis ce que j'ai écrit samedi dernier, six jours, rien d'habitude, ici une éternité. La passion bourre l'existence à craquer.

Dimanche 11

Gris. Rappel de décembre 63, quand j'étais enceinte et voulais avorter. La Cité universitaire, la plus complète déréliction. Cette envie alors de dormir, l'après-midi (idem, chez P., en 84). Cette espèce de sommeil (plutôt de torpeur de vivre), à comparer à celui des clodos, sur les bancs du métro. Je ne dormirai jamais sans doute avec S. Une seule fois, j'aurais pu le faire à Leningrad, et je n'en avais pas envie. En 85 aussi, le même temps gris, le même vague, la même insatisfaction. En ce moment je souffre de ne rien écrire.

Copies, cours, histoire sentimentale, sorties, réceptions, c'est le vide. Je ne cherche plus la vérité puisque je n'écris plus, les deux se confondent. Et je suis aussi très sexuelle, pas d'autre mot, c'est-à-dire que ce n'est pas d'être admirée qui compte pour moi, etc. Ce qui compte pour moi, c'est d'avoir et de donner du plaisir, c'est le désir, l'érotisme réel, pas imaginaire, de télé ou cinéma hard.

Soir. J'ai relu la fin de l'autre cahier et toute l'histoire avec S. défile, déjà je mesure tout le temps, et je pleure. Il n'y a de vraiment beau que les commencements. Pourtant, dans le jardin de Sceaux, ce n'était pas terrible, ni dans le studio, en octobre. Pourquoi pleurer, alors ?

Je ne souhaite pas qu'il vienne mardi à ma soirée soviétique, ce serait trop difficile. Je l'aime (= j'ai besoin de lui) — je ne suis pas sûre qu'il m'aime. La vieille histoire.

Mardi 13

Il n'est pas venu à mon dîner et c'était sans doute beaucoup mieux. Je ne suis pas sûre que cette invitation ait été une bonne idée. C'est fini. Je crois que j'ai horreur de recevoir, je vis dans une angoisse perpétuelle que tout soit raté (à demi, aujourd'hui). Ma jupe est tachée, une vaisselle monstrueuse à ranger. J'ai une envie folle de voir S. le plus tôt possible, comme si la présence des autres creusait davantage son vide en moi.

Mercredi 14

Il devait m'appeler aujourd'hui. Pour la première fois il ne l'a pas fait (je me suis toutefois absentée de seize heures à vingt heures). Le compte à rebours est peut-être commencé. Tout est si noir que j'ai envie de rester chez moi, le monde extérieur me fait horreur. Seule dans cette maison, c'est moins difficile à vivre. Et il y a le téléphone, donc l'espoir. Au-dehors, il n'y a aucune issue, je suis une femme au bord des larmes. Tatiana Tolstaïa et ses « choses éternelles », sa façon de dire, comme Nathalie Sarraute, je suis écrivain et je suis citoyen, les deux n'interfèrent pas… Mais d'elle, je n'ai retenu vraiment que cela : des gestes « russes », secouer la main en négation/dérision devant son visage, et une expression indéfinissable que S. a quelquefois. Je n'aime pas qu'elle parle avec dérision de son pays, « L'URSS est un vrai cadeau pour un écrivain » (tellement c'est terrible).

Jeudi 15

Silence, toujours. Je me sens si mal que je cherche à me souvenir de moments semblables, et c'est 58, 63, qui reviennent, inexorablement. Savoir qu'il suffirait d'un appel (ô ce mot si juste) pour que j'aie le goût de vivre. Si on lit ce journal un jour, on verra que c'était exact « l'aliénation dans l'œuvre d'Annie Ernaux », et pas seulement dans l'œuvre, plus encore dans la vie. Mes relations avec les hommes suivent ce cursus invincible :

a) indifférence initiale, voire dégoût

b) « illumination » plus ou moins physique

c) rapports heureux, assez maîtrisés, avec même des passages d'ennui

d) douleur, manque sans fond.

Et il arrive le moment — j'y suis — où la douleur est si prégnante que les moments heureux ne sont plus que de futures douleurs, accroissent la douleur.

e) La dernière étape est la séparation, avant d'arriver à la plus parfaite : l'indifférence.

Soir, 8 h 45. C'est très dur, bien plus, je crois, que pour P., il y a quatre ans, l'été. Il est clair que s'il ne m'appelle pas ce soir (alors qu'il devait m'appeler *hier*), c'est fini. Pour des raisons que, naturellement — c'est exactement ce qu'on ne sait jamais, ou plus tard — j'ignore. Finir cette soirée sans trop de larmes, c'est tout ce que je demande. La littérature ne fait pas souffrir de la même façon, même si c'est aussi dur. Ici, c'est l'arrachement, l'exclusion, l'envie de mourir. À dix-huit ans, je mangeais pour compenser. À quarante-huit ans, je sais qu'il n'y a pas de compensation possible. Un livre qui commencerait par « j'ai aimé un homme » ou même « j'aime encore un homme ». Quand je pense à lui, je le vois nu, dans ma chambre, je le déshabille, je ne pense qu'à son sexe tendu, son désir. C'est ainsi que je devrais dire.

9 h 45. Il a tout de même appelé et je n'en suis pas plus heureuse (le cycle de la douleur a donc commencé). On se voit mardi, c'est-à-dire dans cinq jours. Cela veut dire qu'il n'a pas besoin de me voir plus souvent. Qu'il a peut-être quelqu'un d'autre, malgré ses slips inouïs. Que je suis une femme honorifique qu'on va honorer, de façon de plus en plus distante. Mais surtout, ne pas la lâcher, surtout pas. Je connais. Tout de même j'attends. Mieux que rien ?

Vendredi 16

Les matins noirs : une journée à faire que vivre seulement. Il fait encore nuit. Des centaines et des centaines de matins comme celui-là, avant et devant moi. Je me branle en pensant à S., et c'est pire. Non, pas tout à fait.

Mardi 20

Il ne prévient jamais, par un coup de téléphone, du moment exact où il va arriver. Depuis jeudi soir où l'on a fixé le rendez-vous, je pourrais être morte, ou malade. Impossible de le prévenir. L'amant de l'ombre. Et cette peur, toujours, cette terreur même (j'ai chaque fois la colique) de le revoir, alors que, toute la nuit, je n'ai eu que du désir, un désir dévorant. La voiture qui arrivera... Chaque fois, comme si j'allais être dépucelée de nouveau.

11 h moins 20. Et s'il ne venait pas ?

Ou si les débuts de la dégradation se poursuivaient ? Il fait un temps splendide, comme en novembre. Ce n'est plus novembre, cependant

15 h 30. Il est arrivé quand je finissais d'écrire « cependant ». Est-ce le beau temps ? Une belle rencontre. Il apporte des cadeaux, il me promet une photo. Et je pense qu'il m'aime un peu, à sa façon, dans une case extraconjugale, « classée », mais peut-être pas autant que je le crois. Attachement sensuel aussi, un peu fou. Cette impossibilité de savoir ce que je suis pour lui, bien plus grande que pour P., si excitante en même temps. Il avait sa « belle voiture », quelque chose de commun, oui, avec mon ex-mari, socialement. Comme je suis fatiguée. Comme je suis heureuse de le faire jouir, de le rendre heureux. « Qu'est-ce que tu fais ? » dit-il, avec son accent russe, quand il éprouve du plaisir sous ma bouche. Inoubliable. Mais en d'autres termes, je suis mal barrée, c'est la perdition, la dépense sans compter de mon énergie, de ma vie.

Mercredi 21

Comment savoir de quelle façon il recevra mon cadeau, vraiment celui d'une vieille

maîtresse à un gigolo, vu le prix. Aujour-
d'hui, j'ai donné dix balles à l'atroce vision
de la station Opéra, cette femme aux doigts
de pieds et de mains tordus, inachevés,
écroulée contre le mur depuis au moins un
an. Vérifier les signes : mais pourquoi
m'appellerait-il, il est venu hier. C'est cela sa
« case ». Alors, mes désirs projetés sur des
mendiants chargés d'être les intercesseurs
du destin... La réalité a raison sur l'imaginaire.

Jeudi 22

Cette nuit, sorte de révélation de l'énormité du cadeau fait à un homme qui, peut-
être, ne me considère que comme un cul, un
peu plus gratifiant qu'un autre (je pousse au
noir cependant). Tout le problème demeure,
toujours : que suis-je pour... (lui, elle) ?
« What's Hecuba to him, or he to Hecuba ? »
[*Hamlet*]

Soir. Et s'il avait envie de rompre ? Le fait
qu'il m'ait dit le contraire le 29 novembre

(un mois, énorme…) ne signifie rien. Ce soir, j'imagine la possibilité qu'il ne vienne pas du tout la semaine prochaine. À ce moment-là, avoir le courage de regarder les choses en face et de rompre, mais avec chic, en lui donnant son cadeau.

Chaque soir est noir et je suis trop dépendante, à la merci du téléphone. Il devait appeler au plus tard (c'est-à-dire par rapport aux normes du déjà passé) samedi soir ou dimanche soir. Au-delà, une décision.

Samedi 24

Matinée aussi noire que cette veille de Pâques ou de Quasimodo 86. Je vis l'histoire la plus aliénante qui soit depuis Philippe, il y a vingt-cinq ans. J'écris inlassablement dans ce cahier comme j'écrivais sur ma mère quand elle était en gériatrie. Et si, au moins, cela pouvait *servir* à quelque chose. Hier soir, j'étais sûre qu'il en avait assez de moi, qu'il ne m'appellerait pas d'ici janvier. Ce matin encore, je le crois un peu.

À une heure, la carte de vœux, glaçante, vue comme un signe : « très cordialement », avec sa signature. À réfléchir, cela ne veut rien dire, carte forcément officielle. Dans un autre ordre, celui des signes de rupture, dans lequel je plonge depuis quinze jours, c'est l'annonce de relations cordiales remplaçant les précédentes.

Dimanche 25

De huit heures à dix heures, c'est le noir, il n'appelle pas et j'attends. Voilà. Et je ne pense même pas à ce moment-là, comme Proust, qu'il suffirait d'un rien, d'un peu de volonté, pour ne plus souffrir, crever ce cerceau de papier au-delà duquel je serais libre.

Lundi 26

Si peu changer. Attendre : à seize ans (en janvier, février, un signe de G. de V.), à dix-huit ans (le pire, C.G.), à vingt-trois ans, Ph., à Rome. Il y a quelques années, P. Cette fois, le délai que je me suis fixé est dépassé d'un jour. Mais j'admets qu'un appel ce soir serait encore acceptable, à cause du trou des fêtes de Noël. Au-delà...

Si peu changer : et même ce désir d'être enceinte, toutefois sans encore les mesures qui pourraient le concrétiser (mais je ne crois pas que je vais prendre la pilule ce mois-ci).

Il faut bien peu de *confiance en moi* pour que je sois capable de toute cette folie.

10 h 45. Il a appelé, mais il ne sait pas quand il viendra. « J'essaierai de te voir cette semaine. » « J'essaierai », ce mot affreux quand on n'a pas envie. Juste un peu de calme, de remède sur ma douleur.

Mardi 27

Bien sûr (mais pourtant j'attendais...) il n'a pas appelé comme prévu « demain, ou après-demain ». Je suis au bord des larmes et de la nausée. En plus, jamais seule, Eric toujours ici. Guettant les jours où S. va venir, heureux sans doute qu'il ne vienne pas. Je ne sais plus que penser, ou plutôt si : je suis parfaitement indifférente à S. mais ce soir je soulève des tonnes de non-être, de dégoût, dormir, dormir.

Mercredi 28

Je n'ai pas dormi vraiment, je suis tombée dans l'horreur : pleurs, certitude d'être lâchée doucement — rêves de mon ex-mari qui voulait me baiser et c'était atroce pour moi, hantée de S. « Là où la vie emmure, l'intelligence perce une issue », dit Proust. La nuit, il n'y a pas d'intelligence, que la vie dans son magma de contradictions, de douleurs, sans issue. Le « cerceau de papier » était plaque de béton. Je ne crois pas avoir vécu de nuit semblable depuis six ans, lorsque je me séparais de Philippe. Là encore, j'en suis à souhaiter la rupture franche. Trois mois.

Comment m'étonner de ma folie en 58, après C.G., mes deux années de boulimie, de détresse, *à cause des hommes*. Je sais trop bien que ce qui me fait écrire est *cela*, ce manque de réalisation de l'amour, sans fond.

Il y a un moment où l'on court dans une histoire, où tout est devant, espérance. Un autre moment où tout bascule dans le passé et ce qui est devant ne sera plus que répétition, dégradation. Je situe ce moment en novembre, mais sans précision. Plus sûrement décembre, quand j'ai invité Makanine. Octobre et novembre, deux mois très beaux, avec le soleil en plus. Décembre, très noir. Pourquoi écrire cela, sinon pour forcer l'avenir à être de nouveau ensoleillé. C'est rarement avec le même homme.

J'ai dormi une heure, cet après-midi, dans la chambre (en général, signe de grande déréliction). J'ai failli casser une des lampes de chevet en m'éveillant.

Je suis une femme avide, c'est vraiment la seule chose à peu près juste, de moi.

Jeudi 29

10 h 30. J'avais éteint. Une sonnerie et rien au bout du fil, trois fois. Dix minutes plus tard : « Vendredi dix heures. » Pour la première fois de ma vie, je *pleure* de bonheur. Et je sais que c'est donc la pire des choses pour moi, l'engrenage atroce, comme avec Philippe à Rome, et sans issue officielle. Heureusement d'ailleurs, car, naturellement, je tomberais dans le piège, mariage, etc.

Vendredi 30

Je suis dans un trou. Encore dans ce moment où il n'est pas tout à fait parti, où je suis encore sûre qu'il se plaît avec moi. Mon inquiétude pour le cadeau, trop riche. Un souvenir de douceur : « Que signifient ces fleurs ? » dit-il, des primevères près de mon lit. Évidente jalousie, étant donné que je lui ai appris qu'en France les fleurs avaient une signification. C'est toujours la jalousie qui sert de preuve. Je le détrompe et je lui offre d'autres primevères du jardin.

Aujourd'hui, il s'agenouille devant mon sexe, comme je le fais. Merveilleux déshabillage, de part et d'autre. Oui, il est beau « mon souffle au cœur », comme l'appelle D.L. — qui ignore de qui il s'agit — esprit parisien, revenu de tout, dont j'ai horreur.

Entendu à la télé cette chanson d'Aznavour que j'avais oubliée, « Vivre, je veux vivre avec toi ». J'ai seize ans, j'ai toujours seize ans. Balayée par le souvenir de ce temps-là, cet amour fou. Avec S., c'est comme si tous les amours inachevés ou imparfaits de ma jeunesse étaient réalisés : G. de V., Pierre D., tous ceux qui me décevaient et dont je sais maintenant qu'ils ne pouvaient faire que cela. Ils n'étaient pas pires que d'autres. Maintenant, je sais que je ne peux pas « vivre avec toi », que cela ne doit rester qu'un rêve, une douleur.

Cet après-midi, submergée par cela, « je suis comme Anna Karenine » Anna, folle de Vronski. La peur.

Ce soir, vœux de F. Mitterrand : il est tout de même de gauche dans son discours. À la fin, pour la première fois, *La Marseillaise* est chantée. J'ai le petit frisson qui est pour moi le signe de l'émotion absolue. *La Marseillaise !* Mon père me la chantait, c'est la fin de la guerre, c'est le chant de la liberté. 89 ! Cela « signifie » pour moi, je suis du côté révolutionnaire, je l'ai toujours été. « Entendez-vous dans nos (les ?) campagnes/Mugir (!) ces féroces soldats ?/Ils viennent jusque dans nos bras/Égorger nos fils, nos compagnes/Aux armes, citoyens ! » Si pompeux, si énorme, mais ces mots n'ont pas d'importance, mais la musique seule, et ce cri « Aux armes, citoyens ! ».

88, année globalement satisfaisante mais trop agitée médiatiquement. Au sens strict, rien fait. Les meilleurs moments, Venise, l'URSS, et naturellement, « l'histoire » dans laquelle je suis toujours depuis la fin septembre, le 25 exactement, le jour de l'heure d'hiver. Il y a eu un automne, quelle(s) autre(s) saison(s) encore ?

Évidence : objectivement, les choses du sexe, les gestes, sont les mêmes quand on aime et quand on n'aime pas.

1989

Janvier
Dimanche 1ᵉʳ

Seule, absolument, ce 1ᵉʳ janvier. Il y a longtemps que cela ne m'était pas arrivé. En 64, j'étais rentrée à la Cité, de Vernon, et j'avais passé la journée seule dans mes huit mètres carrés. Mais, cet après-midi, Eric et son amie seront là. De toute manière, je n'en éprouve aucune tristesse. Rêve, cette nuit : je marche au bord d'un champ avec une faux, tandis que des hommes, jeunes, travaillent. Ils me réclament cette faux, je ne veux pas la leur donner. C'est le champ, à Yvetot, là où j'ai été amoureuse pour la première fois, à treize ans. Quelqu'un, un vieil ouvrier, dit qu'il gagne 20 000 F par mois et je pense alors que le travail manuel est bien payé, à côté de celui des profs. Ensuite, il y a Eric (à cause de la peur que j'ai de son avenir ?) et un évêque, qu'on attend, qui arrive, et je me suis mêlée, sans gêne, à la suite. Obscur, sauf peut-être la faux : peur de vieillir. Mais ce n'est pas encore cette année que je vais entrer dans les fifties.

Je vais peut-être, comme je le fais souvent, écrire à S. — il a la lettre quand il vient, je suis interdite aussi de poste, comme de télé-phone ! un beau roman en perspective — et je sais pourtant que j'écris sur un mur. *Jamais* aucune réaction *visible* à ce que je lui écris, sauf les ordres : « la prochaine fois, tu entres directement sans frapper, etc. ». Et il le fait. Que signifie depuis le début, Leningrad, le désir de faire l'amour dans le noir ? Il ferme aussi toujours les yeux. Sauf quand je lui caresse le sexe avec ma bouche, il se soulève pour voir, si je lève les yeux, il détourne les

siens aussitôt. Est-ce cela la honte, le refoule-
ment ?

Mardi 3

Cinéma de ce matin : il va appeler ce soir,
ou demain, et dire que c'est fini. Je suis tellement sûre à ce moment que c'est plausible
que j'ai le cœur au bord de la gorge. Avec
toutes les raisons possibles : l'usure — la difficulté de se revoir —, la peur que je sois collante (le cadeau trop cher l'embarrasse, par
exemple). Je pense à tout cela, parce que
ma lettre de la dernière fois l'invitait à dire
réellement ce qu'il voulait. Il peut « sauter
sur l'occasion », comme dans l'histoire de
Mme de La Pommeraye, dans *Jacques le Fata-
liste.*

Toute ma vie aura été un effort pour
m'arracher au désir de l'homme, c'est-à-dire
au mien. En 63, je me répétais les paroles
bibliques : « Et je ferai couler sur elle la paix
comme un fleuve », ne sachant même pas

que ces paroles voulaient dire mon désir, le sperme coulant sur moi comme un fleuve.

Mercredi 4

Ce soir, c'est encore fini, il n'appellera pas. J'essaie de tenir, de ne pas sombrer comme l'autre mardi. Mais c'est l'horreur, c'est-à-dire que je vois toujours mes pressentiments confirmés, la lassitude sentie depuis fin novembre devenir tellement visible que je suis bien folle de croire encore qu'il est attaché à moi. Avec dérision : je ressemble à cette fille qui m'écrit depuis six mois des lettres d'amour que je ne lis même pas. J'écris moi aussi des lettres d'amour à quelqu'un qui ne m'aime pas. Mais pourquoi l'amour ? Il ne m'a rien promis, et moi-même je ne demande que la beauté. Il n'y a plus de beauté puisqu'il n'y a plus rien.

16 h 10. Il a appelé ce matin. Il vient dans quelques minutes. Toujours la panique, insensée, l'attente vierge de pensée. Je me disais, en rentrant de courses faites rapidement, que j'aurais pu érafler une voiture, je ne me serais pas arrêtée et je n'aurais pas éprouvé de culpabilité. Qu'est-ce qui fait donc la culpabilité ? Une vie trop vide, où il manque le désir ? Qu'est-ce qui est le vrai, le désir ou la culpabilité ?

17 heures. Il n'est pas là. Je me dis qu'il ne va plus venir. J'ai décroché le téléphone vers seize heures pour que nous ne soyons pas dérangés. Peut-être a-t-il voulu me prévenir.

10 heures et demie. Je ne l'ai pas entendu arriver. Il est entré doucement. Tout ce que j'ai imaginé était donc faux ? Il me désire, il est heureux de me voir, nous faisons l'amour divinement. Mais cette fois encore, il avait beaucoup bu, du whisky, à la fin de la soirée. Il crie de plaisir pour la première fois (enfin, il gémit tout haut). Au moment où nous sommes ensemble, où nous faisons l'amour, je suis sûre

qu'il n'a personne d'autre, qu'il tient à moi. Très fortement. Ensuite, les jours passent et c'est fini. Je suis la même démarche que vis-à-vis des examens, de plus en plus ratés, improbables à obtenir, au fur et à mesure que je m'éloignais du jour où je les avais passés.

Je vais sortir de cette fatigue, dont je voudrais ne jamais émerger : absence de pensée, juste le souvenir des gestes, du corps de S. Dans la salle de bains (sodomie qu'il voulait expressément), dans la chambre, et encore dans la salle de bains. Il se rhabille, ça dure très longtemps — il a vraiment bu — et il énumère toutes les marques de ses vêtements, Rodier, Pierre Cardin (la ceinture que je défais si facilement !), même pour les chaussures. Si merveilleusement parvenu, comme moi, mais à l'autre bout de l'Europe. Il est très fier de son briquet Dupont, contrairement à ce que j'imaginais, mais j'aurais dû le prévoir, et d'ailleurs je le « savais », sinon je ne lui aurais pas offert ce cadeau. Sa femme croira-t-elle le mensonge qu'il lui a fourni ?

Il ne sait pas détacher les jarretelles.

Vendredi 6

Je comprends ce désir de couvrir de cadeaux un être qu'on aime pour manifester l'appartenance (Proust, *La prisonnière*). Tout en sachant que cela ne sert pas à vous l'attacher, puisqu'il en est seulement fier (de susciter autant d'amour), que cela renforce son narcissisme, lequel joue contre celui qui donne. Ce dernier n'a pas assez de narcissisme. Enfin, moi je l'aime de tout mon vide.

Dimanche 8

Comment le désir peut-il naître encore, devenir cette obsession. Passer une nuit entière avec lui, le seul but de ma vie actuellement, auquel je me demande ce que je serais incapable de ne pas sacrifier. Cette conférence de Londres me sort par les yeux.

Je n'ai pas pu encore trancher entre deux visions de S. : le jeune et beau garçon coureur, avec une femme intellectuellement supérieure, un peu jalouse (= mon mari et moi) — le garçon assez timide, soucieux de ne pas blesser sa femme, et n'ayant donc eu que peu d'aventures. Son attitude en amour, une certaine inexpérience, me laisse à penser que la deuxième solution est la bonne. Mais je ne le saurai jamais, sauf par des témoins extérieurs, plus difficiles à obtenir ici qu'ailleurs (milieu russe).

Lundi 9

Tant d'attente, et puis le pressentiment que, cette semaine, il ne trouvera aucun moment pour venir (arrivée du président de la VAAP). J'écris ces détails pour me souvenir, fixer les choses, mais peut-être pas seulement : je me raconte toujours, depuis le début, devant quelqu'un. Au mieux, je peux espérer qu'il appelle mercredi (six jours maintenant).

Mon premier roman s'appelait initialement *L'arbre*. Symbole phallique évident. Et aussi cette chanson de Dario Moreno que j'adorais en 58, « Histoire d'un amour » : « Un grand arbre qui se dresse/Plein de force et de tendresse/Vers le jour qui va venir. » Moi seule je peux éclairer ma vie, non les critiques. L'arbre, l'obsession.

Recommencent les doutes, impression qu'il a plusieurs autres maîtresses. Je me fous, en plus, du sida, avec lui. De toute façon, les autres n'existent pas pour moi en ce moment, aucun autre homme. Pas de pilule par-dessus le marché : revivre la catastrophe ? la mort dans le ventre comme en 64 ? À quarante-huit ans, je ne risque pas tellement d'être enceinte.

L'attendre avec plein de scénarios dans la tête (où faire l'amour, comment, etc.) et ne pas savoir s'il viendra. Ce gouffre — entre l'imaginaire, le désir et le réel — est invivable.

Mardi 10

10 heures. Peu d'espoir ce soir qu'il appelle. Entendu « Cécile, ma fille » de Nougaro, la chanson que j'entendais lorsque j'étais enceinte pour Eric : vingt-quatre ans. Je suis malade du temps, de cette image de moi disparue et qui pourtant m'indiffère,

puisque je me préfère maintenant. Mais ce moi est contenu dans l'actuel, avec les autres, comme des millions de poupées russes. Un clochard m'a insultée à la droguerie où il venait demander de l'alcool à brûler (pour le boire) : « Salope, putain ! » Il n'arrêtait pas, déchaîné. Me souhaitant de mourir « égorgée, ébouillantée ». Impression désagréable. Putain…

Naturellement, je n'irai pas demain au cocktail de *L'Événement du jeudi*, puisqu'il pourrait téléphoner durant ce temps…

11 heures du soir. Il a appelé, peut-être pourra-t-il venir. Il ne sait pas quand… Cette voix, grave, plus grave encore ce soir, avec ses intonations russes, ses *oui* amples, lents. J'irai au co(c)ktail (décidément je ne sais pas écrire ce mot que j'ai peu fréquenté dans la réalité) puisqu'il a appelé.

Jeudi 12

J'aurais mieux fait de travailler la conférence pour le Barbican College, au lieu d'aller au cocktail. Nul. Parisien. Plus de journalistes que d'écrivains (et les mêmes toujours, Sollers, Bianciotti, etc.). Rêvé cette nuit d'une église où je veux entrer. La crypte ne peut s'atteindre que par une échelle de corde, impossible pour moi. La nef et le chœur sont en réparation, j'entre, après un moment d'hésitation : il y a un chimpanzé sur l'autel, il se révèle ensuite être un ours. Je sors, il me suit, devient de plus en plus affectueux, mais je le considère comme menaçant. Personne ne m'aide à m'en débarrasser, malgré mes supplications. Enfin, j'y parviens. Il paraît que l'ours est symbole de la Russie, mais je ne le savais pas. L'ours est cependant lié à S. qui en a rencontré en Sibérie quand il travaillait au flottage du bois. S. a quelque chose de Guy D., en blond (aussi grand, les yeux enfoncés, mais bleu-vert) et la bouche de Luis F. Je dois travailler et je suis tourmentée par l'attente, la possible désillusion de ne pas le voir de ces deux jours me ravage.

18 heures. Ce texte de conférence m'est odieux parce qu'il y a de moins en moins d'espoir que S. vienne demain : je travaille

sans gratification à venir, pour rien. Expliquer le mécanisme de la lutte des cultures me fatigue à l'extrême, la « gloire » que j'en tirerai ne vaut pas une heure avec S. Il y a plus d'une semaine que nous nous sommes vus. Je n'ai pas d'avenir autre que la prochaine date de rendez-vous. Et lorsque celle-ci n'est pas fixée, c'est l'absence absolue d'avenir.

Vendredi 13

Si, comme le disent les horoscopes, Vénus est dans mon signe, cela ne se voit pas. Rêvé que j'avais un enfant, je le tenais dans mes bras, le montrais à la Châtaigneraie à tous les kinés. Puis je le laissais sur une table quelques secondes. Hurlement. Je le découvre le cou cassé et il est alors plus petit qu'une main. Je sais qu'il va mourir. En écrivant cela, je pleure et je sais que je « revis » mon avortement, et c'est l'insoutenable à nouveau.

9 heures. À quelle heure vais-je devoir crever le cerceau de douleur pour finir le texte de cette conférence cauchemardesque ?

Dix heures, très certainement, c'est-à-dire quand il sera devenu impossible qu'il m'appelle pour venir aujourd'hui.

15 h 30. Je ne pensais pas que ce serait *si dur* de vivre cette histoire sans issue. Je recopie le texte de cette (mauvaise) intervention. Je ne sais pas quand je le reverrai, mais c'est *maintenant, aujourd'hui* que je voudrais le voir, que mon désir de lui est effrayant, à pleurer. Pourquoi m'a-t-il donné cet espoir mardi ? Mensonge pour la première fois.

Je comprends qu'on veuille ne plus vivre parfois. « Vendredi noir », comme je ne sais plus quel film. Et deux jours à Londres ensuite, c'est-à-dire sans téléphone possible. Au fond, ce qui est *dur*, ce n'est pas qu'il reparte à Moscou, c'est qu'il reste à Paris.

Lundi 16

Londres. Je suis retournée hier 21, Kenver Avenue. Le métro d'abord, à Tottenham Court Road, les banquettes toujours en tissu, mais tout est sale et dégradé. Je me suis arrêtée à East Finchley : le pont sur la High Road, que j'avais oublié. J'ai pris le bus, demandant comme autrefois l'arrêt pour Granville Road. Mais le conducteur ne sait pas ce que c'est. Il s'y arrêtera cependant. Je vois, à droite, la Swimming Pool, oubliée aussi. La maison des Portner a été transformée, rendue apparemment plus pratique : l'entrée est une cuisine. Quelque chose comme un « déclassement » de la maison, de la rue aussi, qui m'apparaît moins résidentielle et moins chic qu'alors (je venais d'Yvetot, ne pas oublier). La blancheur, cependant, l'uniformité, l'ennui : quelle horreur cela devait être, sans nom, d'être là. Ensuite, l'église : Christchurch, bien identique, elle, avec le banc devant. Ensuite, sauf le Woolworth, aucun magasin reconnaissable. Plus de cinéma, de *tobacconist* (il s'appelait Rabbit), ni le petit café où se rassemblaient les jeunes de 1960 autour du juke-box, et cette femme à lunettes qui lavait les tasses dans le bruit et les exclamations. Elle ne demeure que dans mon livre de 62-63, non publié. À part la forme de la rue, la High Road, un pub devenu grill, tout était différent, les magasins surtout. Ils sont la partie la plus instable, la forme la plus sensible aux changements (l'économie, donc, prime tout, encore ?). J'ai pris le métro du retour à Woodside Park, me demandant, dans cette rue si peu changée, elle, si c'était dans le parc voisin que j'avais commencé d'écrire en août 60 : « Les chevaux dansaient au bord de la mer. » La suite, c'était une fille qui se relevait d'un lit où elle était avec un type (toujours la même histoire, la seule). Ces chevaux ralentis, englués dans leur danse, exprimaient la sensation de lourdeur après l'amour. Comme je me souviens bien...

Cette promenade d'hier était irréelle. La seule réalité pour toujours, ce sont les images que je garde de 1960-61, dont certaines sont contenues dans *Du soleil à cinq heures* (« Du raisiné à cinq plombes », disait mon ex-mari). Tous les participants du colloque se sont jetés dans les musées, et moi à North Finchley, dans ma vie passée. Je ne suis pas culturelle, il n'y a qu'une chose qui compte pour moi, saisir la vie, le temps, comprendre et jouir.

Il y aura six jours que S. n'a pas appelé, et douze que nous nous sommes vus. Pendant mes deux jours d'absence, il ne semble pas avoir appelé. Revenir ici, dans ce lieu où il vient, le supplice recommence.

Mardi 17

10 h 20. Il va venir. Cette nuit, je pensais qu'il n'y avait qu'un moment heureux dans cette histoire, la nuit qui précède notre rencontre. (De qui est-ce « la nuit qui précéda sa mort / fut la plus belle de sa vie » ? Apollinaire ? [Eluard].) Je ne comprends pas ce désir que j'ai de S., cette panique au moment où je vais entendre sa voiture, ce sentiment d'être perdue, merveilleusement.

14 h 30. Il était plus soucieux, comme fatigué, mais toujours plein de désir. Impénétrable : pourquoi part-il brutalement, en fermant la porte ? Pressé ou ému de partir ? Aucun mot tendre, et pourtant, quelle ten-

dresse passionnée dans ses gestes. (Il sait maintenant détacher les jarretelles. J'écris cela parce que, plus tard, c'est cela qui sera important, ce détail.) L'amour deux fois en deux heures, comme d'habitude. Et il part pour une semaine, rentre quand je pars en RFA.

Je relis ces deux paragraphes, la même écriture, aucune coupure, toujours le même flux noir en pattes de mouche. Entre les deux, il y a eu ce temps où rien ne comptait que l'Autre, que lui, que la peau, le gouffre du désir. Comment l'écriture rendrait-elle cela, ce sera toujours au-dessous. Et pourtant je n'ai rien d'autre quand il est absent.

Jeudi 19

À la librairie du Globe, des gens parlent russe, et, tout à coup, je sais que tout est ima-ginaire, que S. et moi, nous sommes à des années-lumière, juste une rencontre à Leningrad, une histoire de peau. Mais non, ce désir est réalité. Je ne vais pas le revoir avant la fin janvier. Peut-être le 31 ?

Pensé qu'il faudrait peut-être profiter de ce temps pour essayer de l'oublier. Sorte de cystite, comme en octobre-novembre, très douloureuse (liée à lui, naturellement).

Dimanche 22

Soir. Après-midi inutile, une fois de plus. Dans le RER, un garçon me fixe, etc. Décidément, par quoi j'attire ? Mais aucun signe de S. Il n'a aucun intérêt à téléphoner, puisqu'il ne peut venir baiser. Le « signe de vie » lui est inconnu. Vronski, et encore : un Vronski élevé dans le marxisme-léninisme, passé dans le Komsomol et membre du Parti. Parfaitement pragmatique. Mais je ne peux penser à son corps lisse, sa peau blanche, son visage, sans avoir des larmes de désir.

Ce matin, à la station Auber, direction Balard, un homme assis la tête dans les mains, sur les marches. On voit juste des cheveux gris. Un couvercle avec des pièces de dix et vingt centimes. Je lui donne dix francs. En désirant très fort que S. m'appelle du Midi. En ce moment, il doit être chez

André S. Mais que peut le désir sur « cela »,
cette situation que je ne maîtrise pas. Toutes
les aumônes du monde...

Lundi 23

Rêvé du cercueil de ma mère, que je veux
couvrir de fleurs (ce résumé rend mal compte
du rêve — difficulté intense de *raconter* les
rêves, ils résistent toujours au récit — seule
la véritable écriture pourrait les rendre).
Elle vient de mourir et je sais qu'un jour ce
sera moi à cette place.

Il faudrait deux colonnes à ce journal.
L'une pour l'écriture immédiate, l'autre pour
l'interprétation, quelques semaines après.
Une large colonne, celle-ci, car je pourrais
interpréter plusieurs fois.

Mardi 24

Je ne peux relire sans douleur ce journal
(les dernières pages). Et si, profitant de ce
que je lui ai dit sur ma rupture avec P., lors

du voyage de ce dernier à New York, il utilisait la même méthode à mon égard ? Son départ brusque de l'autre jour aurait signifié la légère émotion qu'on peut éprouver en quittant quelqu'un qu'on ne reverra plus, même si l'on s'est décidé à ne plus le voir. J'ai peur que mon retour de RFA et les journées femmes écrivains russes-américaines ne soient difficiles à vivre. S'il n'appelle pas samedi soir, ce sera très mauvais signe. J'ai à nouveau cette étrange et fausse cystite, douloureuse, qui n'arrange rien.

Jeudi 26

Cette chambre de Hanovre, bleue, sur le Rathaus, me rappelle celle de Lille, en 85. Bruit de fond des voitures. Comme à Rome aussi. Quelle étrange impression. Solitude, être nulle part. Toutes ces chambres imbriquées les unes dans les autres.

Revenue de RFA. J'ai vécu sans douleur, là-bas. Au fur et à mesure que j'approchais de Paris, à nouveau l'attente, le désir. Pourtant, c'est comme si j'avais déjà accepté que, par ex. ce soir, il ne m'appelle pas. Demain, à ma grande horreur, il sera peut-être chez Irène. Horreur, à cause de toutes ces femmes écrivains dont, évidemment, je suis jalouse. Régine Deforges, Rihoit, Annie Cohen-Solal. C'est assez jolies femmes, côté français. Côté russe, comme d'habitude, mafflues ou âgées. Américaines, difficile de savoir.

Odeur de Boisgibault, brutalement, dans une église de Hanovre, la Marketkirch. À la Pinacothèque de Munich, un Millet représentant une scène de la campagne : une mère sort sur le seuil et s'apprête à faire pisser un petit garçon à demi nu. Une petite fille regarde attentivement. C'est la scène de mon enfance, enfin pas tout à fait (mais la même curiosité). Scène aussi, quand j'avais treize ans, je vois par la petite lucarne ma tante, un petit garçon qu'elle fait pisser, une petite fille qui était peut-être ma cousine

Francette — le geste de femmes pour soulever le sexe des petits garçons — la curiosité intense des petites filles. Chez Millet, c'est criant de vérité, mais plat.

Tableaux terriblement pompiers d'un von Kaug. Dans un immense Jugement dernier, un homme promis à l'enfer se griffe le torse et l'on voit la marque ensanglantée de ses ongles sur la peau.

Il m'a oubliée ? (Quel langage faux. Évidemment non, il ne m'a pas oubliée, au sens strict. Il n'a plus besoin de moi, déjà plus juste.)

Dimanche 29

14 h 30. Perspective d'aller chez Irène sans savoir s'il y sera (si pas coup de téléphone, de plus en plus probable). Le rencontrer sans connaître ses éventuels nouveaux sentiments à mon égard. Et devant toutes ces femmes qui, naturellement, se détestent toutes entre elles. Irène, côté Verdurin. D'ailleurs, il y aura un orchestre, de la musique russe. Un quatuor ou un septuor…

une sonate ? Revivre Proust, ce serait très étrange. Et S. en Albertine…

11 h 10. Rien de tout cela, sauf l'ennui d'une assemblée presque exclusivement féminine. Il n'était pas invité. Je suis découragée. Il sait que je suis rentrée depuis hier soir. Aucun appel, même ce soir pendant mon absence.

Mardi 31

Au moment où je m'apprêtais à rassembler tous les signes me prouvant qu'il avait décidé de rompre, il a appelé. Il vient à cinq heures (légère peur qu'il soit réticent à entrer si les peintres sont encore là, comme cela est possible). Désir intense qui m'empêche de travailler, à peine corriger des copies.

21 heures. Il vient de partir. Plus abattue encore que les autres fois, si c'était possible. Son rire quand je lui demande s'il a une autre maîtresse, presque enfantin. La plus

belle scène, celle du fauteuil, toujours, et je sais qu'il aime cela, étendu à demi nu, et que je le caresse lentement, de la tête au sexe, aux genoux, que je l'embrasse. Je sais aussi cela, c'est parce qu'il est soviétique que je l'aime. Le mystère absolu, certains diraient l'exotisme. Pourquoi non. Je suis fascinée par l'« âme russe », ou l'« âme soviétique », ou par l'URSS entière, à la fois si proche, physiquement, culturellement (dans le passé) et si différente (pas le même sentiment vis-à-vis de la Chine, de l'Inde, plus radicalement autres — propos raciste ?). Mais quand, maintenant ? *Kagda ?* (la prochaine rencontre). Quand bien même il pourrait ne pas emmener sa femme à Bruxelles, je crois qu'il le ferait, tant il redoute d'être trop accroché par moi. C'est visible.

Avant qu'il vienne, précipitation, indifférence à ce qui peut arriver de matériel (casser un objet précieux par exemple), aux obligations (écrire des lettres, etc.), parce que plus rien ne compte que le désir. Autrefois, retrouvant le réel, j'étais dégrisée, triste, m'étonnant de cette précipitation qui ne m'avait menée à rien, puisque le désir assouvi se révélait néant. Maintenant, j'accepte, je jouis même, de ces deux temps. Je vois le temps du désir, rectiligne, et le temps de la disparition du désir (je suis seule, je range), sans but, diffus (la meilleure preuve, j'écris ici là-dessus). Savoir est une grande force et aussi une jouissance.

Février
Mercredi 1ᵉʳ

Il se sert du whisky (qui semble avoir remplacé définitivement la vodka, dans ses préférences) pendant que je suis à la cuisine. Ma mère faisait cela. La mentalité d'esclave (en moi aussi). Pourquoi aime-t-il, a-t-il besoin de boire quand il est avec moi ? De toute façon, je ne déteste pas, il a plus de hardiesse, de « masque tombé ». Pourquoi avais-je oublié ce moment où, dans le fauteuil, il a ce sourire, pour lui-même, montrant toutes ses dents, petites et un peu cruelles, marque d'intense bonheur, lorsque j'ouvre le peignoir et m'apprête à le caresser : ce visage nu. Ma jouissance aussi lui est bonheur, l'excite infiniment. Dieu qu'il faut de temps pour savoir aimer, apprendre le corps de l'autre. Les lesbiennes choisissent la facilité.

Dimanche 5

Il appelle, et longuement ! Je suis étonnée de ne pas le voir raccrocher au bout de deux minutes. Je lui dis incidemment que nous n'avons pas le même sens de la beauté. Qu'il y a des différences entre nous. [Qu'est-ce qui me pousse à creuser l'écart ?] Il répond qu'il y a aussi des points communs, beaucoup. Mais à quoi fait-il allusion ? Au sexe seulement, je suppose. Au même désir violent de faire l'amour, ou en plus des idées politiques ? Ou, plus généralement, entre Français et Russes ?

Il part demain pour Bruxelles (j'aurais tant aimé l'accompagner...), il ne rentre que vendredi. Bruxelles, où j'étais il y a exactement trois ans, par un froid torpide, que j'aurais tant voulu revoir cette fois avec S.

116

Cette femme, la sienne, est désespérante. Elle ne doit pas aimer faire l'amour, donc pourquoi s'accroche-t-elle à lui partout… (mon attitude avec Philippe, le chien du jardinier). Je lui dis au téléphone « j'ai envie de toi ». Il dit, « Ah ! » avec gêne. Conversation étrange, où je lui fais entendre ce qu'il ne faut pas dire. « Il vaut mieux que je te le dise, ou non ? — Oui, répond-il. — Oui, de le dire, ou de ne pas le dire ? — De le dire. » Mais il entend cela pour la première fois au téléphone, c'est évident. Peut-être attend-il inconsciemment que je prenne l'initiative d'une conversation érotique (à voir).

Avoir parlé avec lui est pire que le silence, je mesure tout le temps à passer avant d'être à nouveau près de lui. Le désir et la douleur creusent ma vie. Est-ce cela une passion ? Je n'en suis même pas sûre. Car je le vois souvent (non, pas souvent, quelquefois) comme je le voyais au début, en URSS : très joli garçon, assez inconsistant et soucieux de plaire aux chefs du Parti.

Lundi 6

Ce qu'il y a d'étonnant, c'est l'erreur constante de chronologie que je fais dans cette
histoire, d'une certaine chronologie de mes
sentiments, de la réalité de nos rapports et
des événements extérieurs. Ainsi, je me rappelle le vernissage d'Héloïsa Freire et il me
semble que c'était déjà le déclin, que j'étais
ce jour-là très malheureuse. Or, c'était le
17 novembre, deux jours après la folle nuit,
où la voiture ne démarrait pas, et quelques
jours avant la soirée chez Irène. Ce qui
compte n'est donc pas la *réalité* de nos rapports, mais la perception que j'en avais :
j'étais un peu malheureuse et je ne me souviens que du malheur. À Marseille... à
Cognac... à La Rochelle... C'est seulement à
Lille, le 1er octobre, que j'ai été vraiment
malheureuse, entièrement livrée au désir.

Vendredi 10

Rêvé de lui. Cela fait trois fois, et avant,
jamais. Sens ? Est-ce une forme de détache-

ment ou d'angoisse ? Il devient quelque chose de déjà perdu, et je souffre moins. De tout. Comme de son silence. « Je t'appellerai dès que je rentre. » Mais sait-il le sens exact de « dès que » ? Il doit être rentré hier. Tout de même. Dominique L. me parle de La Havane : il y a des boîtes de nuit, petites, où il fait presque noir. On mange et l'on ne sait pas ce que l'on mange, on s'étreint dans la nuit sans voir le visage. Et ensuite, me demander, tout l'après-midi, le soir, si S. est allé là quand il était à Cuba. Ainsi, ce que je croyais être freudien — son goût du noir — remonte peut-être à 75, à Cuba. Désir de savoir. Et des gens extérieurs à cette histoire m'apprennent malgré eux des choses. (Dominique L. devait penser que ses propos me passionnaient. Vrai, mais pas comme il le pensait.) Partagée entre le désir de faire revivre Cuba à S. (faire l'amour dans la nuit, éteindre toutes les lampes, partout) et celui de lui apprendre la lumière, sur son corps, sur ses gestes.

Écrire ainsi me remplit à nouveau d'attente, d'envie de lui. Entretient le désir. François

Mitterrand : « La jeunesse, c'est le temps qu'on a devant soi. »

21 heures. Il a appelé à vingt heures dix (leitmotiv de ces pages). Je ne sais plus si « j'y croyais », cette formule n'ayant aucun sens, de toute façon. Je suis dans un monde où le possible, le réel finissent par être aussi inconsistants que l'imaginaire. La certitude qu'il vienne mardi annule mon désir pendant des heures.

Dimanche 12

Ce que j'avais écrit ci-dessus n'est pas très juste : le désir revient vite, absolu, m'empêche de travailler (ou bien, je veux garder le désir et par conséquent, je ne travaille pas ?). Peur qu'il ne puisse venir, il y a trop de temps entre vendredi soir et mardi, que de choses peuvent arriver. Sa voix, cette façon rêveuse de dire « oui », traînante, à la russe, mais pour moi, c'est le rêve, la douceur, et puis à l'inverse, d'autres mots trop rapides, « qu'est-ce que tu fais », trop brefs.

Il n'y a au fond que cela d'irréductiblement beau, qu'il soit soviétique.

Lundi 13

Depuis seize heures trente, l'angoisse brutale : qu'il appelle ce soir ou demain matin pour dire « je ne peux pas venir ». Alors j'irai au vernissage Carlos Freire, alors j'aurai le temps de finir mon article, alors je serai folle de désespoir. C'est la Saint-Valentin demain. Donc, imaginer qu'il préfère dîner avec sa femme, par ex. La passion, encore. Et pourtant beaucoup d'éclairs de lucidité. Mais les rêves... Comme celui-ci quand je lis dans un journal, « si vous aviez, par un caractère exceptionnel, un enfant après quarante ans »... Je suis au bord des larmes, comme si, *réellement*, il m'avait appelée pour se « décommander ». Privilégier la catastrophe (depuis quand, dans ma vie ?).

Mardi 14

Cette nuit, je me réveille et je me rappelle ce jour de février, un lundi, où j'avais r.v. avec William R. Il n'était pas venu. Ma copine (!) : « Il t'a posé un lapin ! Il était dans un café, à te regarder passer ! » Je ne me rappelle pas mes pensées de ce matin-là, en partant pleine d'espoir. Rien que la rue près de la Bibliothèque, c'était gris. J'avais vingt ans. Aujourd'hui, j'en ai quarante-huit, je n'ai pas de r.v. manqué — il me préviendrait, je suis devenue quelqu'un qu'on « prévient ». Et pourtant, pour moi, c'est toujours la même angoisse. Qu'il ne vienne pas — et qu'il vienne aussi d'ailleurs, affronter ce moment où il va être là, visible, le début des gestes, ce moment fugitif où l'on passe d'un monde dans un autre. Je rêve d'un désir sans fin, sans cette conclusion toujours inévitable, et pourtant nécessaire, l'orgasme.

Qu'il vienne aujourd'hui, par ce mardi éblouissant de soleil, un ciel très bleu, est si beau, que je ne peux le croire vraiment qu'*après*.

6 heures moins le quart. Et s'il ne venait pas ? Comme dans ce mois de février 1961 ? Alors, naturellement, j'avais rompu. Le ferais-je maintenant ? Le soleil s'est couché. Je n'ai rien fait de la journée.

11 heures moins 10. Cela fait quarante minutes qu'il est parti. Ranger. Désespoir de tout cela, je veux dire du bonheur et de la perte. Vie stupide, évidemment. Quatre heures ensemble qui ont passé plus vite que les précédentes, peut-être à cause des changements d'habitude : la salle du bas, avec la télévision. Le canapé est plus intime. Il se laisse adorer. Un peu ivre, comme d'habitude. Pauvreté d'idéation. Voilà, j'en suis folle. Revu avec lui *César et Rosalie*, que j'avais été voir avec Philippe à Genève, l'été '72. Seize ans et demi plus tard, ici, avec S., en faisant l'amour. Le film me paraît très ancien, très lié à mon passé, sans autre valeur que celle-là. S. pense vraiment « liaison », « maîtresse ». Cette fatigue, cette douleur de la séparation que rien, rien ne saurait atténuer, sauf une présence plus soutenue, impossible puisque j'habite Cergy et non Paris. Comme

il ne savait pas que c'était la Saint-Valentin,
ce signe a une valeur nulle. Mais ce fut beau
cependant. Sans autre pensée que : ce temps
allait vers sa fin. Terrible.

Mercredi 15

Rêves, cauchemars. En particulier, je dois
aller dans une « petite boîte », on me fera
une piqûre et ce sera fini… Ce matin,
dégoût de mes bras, dont l'intérieur se fane :
cela, ou grossir, remplir la mollesse de la
peau, et me couvrir de cellulite. Il répétait,
« je suis heureux de figurer dans ton cœur »
mais cela voulait dire « plutôt que dans ton
livre », car cela seul lui importe. Pour la première fois, je suis devant ma nullité : vivre
sans écrire, dans l'attente de rendez-vous,
qui sont une terrible descente dans la mort.
En quatre heures, je vois le temps filer
comme, à une échelle plus grande, la vie.
L'écriture est juste l'inverse, l'absence de
temps. Et pourtant, j'aspire à une nuit
entière avec lui. Je ne sais plus pourquoi
j'apprends le russe (folie, trop dur), pour-

quoi je vais écrire dans *Europe* sur la perestroïka, pourquoi même j'écris sur cette chose, mon lien à lui, qui n'existe pas.

Jeudi 16

Thermomètre ce matin : 37°2. Stupeur, sans pensée. Cela veut dire très clairement que j'ai fait l'amour hier, avant-hier plutôt, en pleine ovulation (constatée, inconsciemment encore, par des douleurs aux seins lorsqu'il les touchait). Ma fatigue effroyable, hier soir, quel sens ? Je lis la description du dictionnaire, la « perméabilité du col », intense, la progression inéluctable des spermatos, et je suis dans la fascination horrifiée, à nouveau, de ce phénomène aveugle. Neuf à dix jours à vivre dans l'angoisse, la même que jadis, il y a plus de vingt ans. Dans quelle mesure ne l'ai-je pas voulu ? Mais j'étais décidée à reprendre la pilule dès les prochaines règles. Évident, si elles reviennent.

Dimanche 19

Vendredi, dans Paris, tiraillements dans le ventre et absolue certitude alors que j'étais « prise ». Puis, raisonnablement, je me dis que l'inconscient ne suffit pas à influencer une nature peu disposée à agir après quarante ans. Une chance sur 45 d'être enceinte, paraît-il. À cause de cela, cependant, je pense beaucoup moins à S. et je me demande si, obscurément, je n'attends pas d'un homme qu'il me féconde — comme une chienne — et ensuite lui montrer les dents.

Lundi 20

Tout de même, ce soir six jours qu'il n'a pas donné signe de vie. Si cela devient sept, huit au plus, sans raison de voyages, une étape encore dans l'indifférence. Hier soir, dur à nouveau. Imaginer le corps, toujours, la fossette ! Découvert seulement l'autre jour cette fossette sur le menton. *Ne pas voir* — coucher avec un homme et ne pas voir cela. Mais au fond, c'est bien, c'est se fier à

126

l'imaginaire, qu'importe une fossette ou une cicatrice, ne pas voir c'est la passion. Pensé tout à l'heure à cette trace que je laisse inlassablement derrière moi, depuis l'âge de seize ans, mon journal.

Mardi 21

L'étape est franchie : *sept* jours, aujourd'hui. Nuit difficile, dans la conscience d'un désespoir vague. Envie d'en finir avec cela, cette histoire qui s'effiloche. Par exemple, ne pas aller vendredi à la séance de cinéma soviétique (je n'ai pas encore répondu). Conscience de ma folie, aussi. Ne jamais poursuivre une histoire. En suis-je capable ?

10 heures. Il appelle d'un taxiphone qui ne marche pas. Maintenant, je sais, suivant l'heure, que c'est *lui*. Pas avant la semaine prochaine. Toujours les mêmes mots, « Tu vas bien ? — Oui, et toi ? — Je vais bien », etc.

Hier soir, il appelle, mais je ne peux pas le recevoir, Eric et David étant là. Ce soir, projection. Sa femme n'est pas là, « elle est un peu malade ». Comme d'habitude, la phrase qui ne signifie rien. À moins qu'elle ne soit enceinte... Vu un film russe à côté de lui. Caresser ses doigts seulement. Je rentre très vite, avec les cassettes à fond, le « Chant pour l'Éthiopie », et je comprends, je me rappelle, ma « fureur de vivre » à dix-huit ans, ce désespoir au fond, le même ce soir, à quarante-huit ans. Pour un homme. Et quand je le vois, là, dans le hall de l'ambassade, je le trouve insignifiant, joli garçon, c'est tout. Je relis *Anna Karenine.*

Aujourd'hui, rien fait (texte sur l'URSS, angoissant). Mésaventure du test de grossesse, acheté sans mode d'emploi à Auchan et que j'ose rapporter. Humiliation de la part de la fille de l'accueil disant tout haut, « c'est un test de grossesse ? », m'envoyant à la caisse principale avec un avoir où il y a écrit, « gravi-test de grossesse ». Donc, je n'en ai pas racheté. J'attends encore. Demain, Rouen, dimanche, cette grosse Allemande. Lundi, enfin, il vient. Quelle vie, et pourtant. L'autoroute Paris-Pontoise, l'A 15, aura été pendant ces dernières années le lieu d'une jouissance et d'une douleur infinies, inégalables. Été 84, hiver 88-89. Années si gelées dans le mariage.

Nous échangeons des rêves et des désirs, lui et moi, ce ne sont pas les mêmes.

Lundi 27

17 h 35. Attente. Souvenir d'il y a cinq ans, ma mère à l'hôpital de Pontoise, et elle n'est plus jamais revenue ici, où je suis en ce moment. Bientôt, la voiture de S. et le début de ce temps qui conduit à la mort. (Je ne suis pas enceinte.)

22 h 35. Comment dire ? C'est comme si j'étais pardonnée, puisque cette soirée avec S. fut si passionnée. Après cinq mois. Découverte (mais c'est toujours moi…) de nouveaux plaisirs. Je suis sans pensée, noyée de

peau, de douceur. Nous dormions vaguement ensemble, devant la télévision. Il aime
tout ce qui met en valeur sa virilité et son
narcissisme (le branler par-derrière, il regarde
ma main, je suis invisible), découvrant l'érotisme, la possibilité de l'érotisme.

Mardi 28

Lendemain de fête. Toute la nuit en rêves.
Je ne me débarrasse pas de souvenirs précis
(celui que je décris ci-dessus) et flous en
même temps (je crois être restée dans ses
bras à peu près quatre heures durant avec de
brefs intermèdes pour aller chercher à
manger, ou du café). Un slip russe, si émouvant, et, de même, un tricot de corps blanc,
russe, analogue à ceux des hommes dans le
train de Leningrad-Moscou.

10 h 30. Écrire sur l'URSS, pire que tout.
Qu'aurais-je à dire de vrai, sinon raconter
comment, un soir, à Leningrad, je suis
tombée amoureuse de S. dans une chambre
triste où le lavabo n'avait même pas de bonde.

Soir. Tout l'après-midi, revu ces deux scènes où il est penché, regardant ma main le branler (je suis par-derrière). Je sens qu'il retrouve une attitude de son adolescence, peut-être plus tôt, un fantasme. Heureuse de lui faire revivre cela, de replonger avec lui dans son enfance. Image aussi : mon père sur le lit, deux jours avant de mourir, la tête penchée. Les hommes se regardent et nous les regardons ? Rôle de la révélatrice, la mère dispensatrice de plaisir.

Mars
Jeudi 2

Je suis vraiment *ivre* après avoir fait l'amour, comme cela se passe avec S. Le lendemain, et même hier encore — mais différemment — je suis envahie d'images érotiques, insistantes. Aujourd'hui seulement, j'ai la tête à peu près libre. Mais est-ce que l'ivresse, l'amour, laisse des traces, marque le psychisme ?

Hier soir, il a appelé, c'était très gratifiant (quel mot !), très doux pour moi — deux jours seulement après notre rencontre (signe de reconnaissance ? peut-être — *mojet grit* — n'est-il pas capable d'autre chose, que de ce souvenir de la peau — mais moi-même ?). Je sens que son plus grand désir, c'est que je sorte un livre et qu'il soit encore là, pour être fier de moi, c'est-à-dire de lui.

Dimanche 5

Je suis à nouveau très mal, dans la névrose d'écrire cet article sur l'URSS. Sans doute parce que je redoute le jugement d'autrui et que, peut-être, je n'ai rien à dire sur la peres-troïka qui n'ait déjà été dit. En plus, il n'appelle pas, mais tout cela est dans l'ordre : je suis une parenthèse érotique dans sa vie, rien de plus. Dans la mienne, puis-je dire qu'il soit autre chose ? Mais quelle beauté parfois. Et comment ce qui s'est passé lundi seulement, qui m'a poursuivie mardi et mer-credi pourrait-il être aujourd'hui vécu sans nostalgie, sans souvenir ?

À propos de cet article : lutte constante contre cette envie de ne rien faire parce que je vois *tout* ce qu'il y a à faire. Je n'arrive pas à imaginer l'*emploi du temps*, c'est-à-dire la lente succession de mots, de phrases, qui remplissent le temps. Je n'ai pas de *patience*.

Lundi 6

Tout est dur. Ce soir, j'ai attendu en vain le coup de téléphone. Il est onze heures je vais lire *Anna Karenine*. Article à peine commencé sur l'URSS et je vois à quel point l'écriture a un autre sens, est transfert. La première phrase, c'est : « Ainsi, je suis de nouveau à Moscou. » C'est une phrase que je voudrais écrire *réellement* et non l'attribuer au passé, comme elle l'est dans mon texte. Écrire-désir ici. Pas toujours.

Bien sûr, il y a une semaine, j'étais sûre de son désir. Il suffit de quelques jours pour que se produise une autre rencontre (pour lui). Ce journal aura été un cri de passion et de douleur d'un bout à l'autre.

Nuit (et soirée) atroce. Impossible de dormir. Être dans un trou, c'est-à-dire conscience de ne pas être du tout aimée, et peut-être lâchée, conscience de la douleur que cela représentera, représente déjà. Et horreur d'écrire un article que j'ai accepté de faire pour un homme qui ne me téléphone même plus. Je suis dans une situation aussi folle que d'habitude quand il s'agit d'hommes.

Il a appelé à huit heures trente. Quel étonnement de constater l'insignifiance (au sens propre) d'une voix et l'importance qu'elle a, et qu'il ne soupçonne pas, dans ma vie. Mardi peut-être. Moi : « Si tu ne peux pas avant... » Lui : « C'est un peu difficile » (= c'est impossible, je sais traduire le langage soviétique).

Jeudi 9

Impossible mardi, à cause du Capes d'Eric. Matinée déjà noire, à huit heures. Naturellement, je ne peux pas le prévenir. Bientôt, nous en serons à trois semaines sans nous voir, cela n'aura donc plus pour moi qu'un sens de douleur continue, ou alors d'indifférence, comme celle qui a gouverné mes rapports avec P. pendant deux ans, à partir de 86. Je me revois, hier, dans les rues de Paris, sans goût, à moitié morte, lourde. Cahier de chagrin, avec quelques lueurs de plaisir fou.

Vendredi 10

Temps splendide. Je suis bien seule. (Mais ma souffrance et mon bonheur sont liés à ma condition de femme seule. Sans cela, l'ennui ou la jalousie, à peu près, dans le mariage ou l'union libre.) Toutes les Peugeot 405 ou 505 qui passent me font penser que S. est cela : un type à grosse bagnole, arriviste, narcissique, et que je ne compte pas autrement que comme écrivain qu'il s'est fait, belle femme aussi, et le faisant bien bander et jouir, quand cela lui prend de venir la voir. Souffrance larvée continuelle. S'il n'appelle pas avant lundi, il sera impossible de nous voir de la semaine, peut-être.

Dimanche 12

Élections. La dernière fois que j'ai voté, le 20 octobre. Quelle différence avec maintenant dans l'ordre du privé. Je suis extrêmement pessimiste, c'est-à-dire prête à entendre (= sûre d'entendre) la promesse vague de retour dont parle J. Brel dans je ne sais quelle chanson. Je souffre mille morts pour cet article sur l'Union soviétique, mais *sans rien* ne serait-ce pas pire ? L'absolue liberté de l'Autre est affreuse, le lien aussi. Appellera-t-il ce soir ?

11 heures. Non. Tout est infiniment difficile, corriger des copies, faire quelques mots de russe (à quoi cela sert-il). Me dire, il est insignifiant intellectuellement, personnalité

conformiste, etc., ne sert à rien, puisque ce n'est pas pour cela que je suis attachée à lui, mais par ce lien de peau indéfinissable, dont le manque est à crever.

Rêvé de ma mère, cette nuit. Nous étions dans un train. Elle n'était plus folle, son visage d'avant, de la fin des années soixante-dix. Je ne sais pas si c'était un rêve consolant par rapport à ma vie actuelle.

Lundi 13

Vais-je enfin terminer ce texte pour *Europe*, absurde, puisque la seule chose vraie que je puisse dire sur l'URSS, c'est qu'elle me demeure mystérieuse et fascinante. Pour le reste, c'est ce que tout le monde dit, la parole ouverte, les luttes, l'incertitude de la perestroïka. Je me réveille avec horreur le matin, songeant que je ne verrai pas S., avant quand ? Il vaudrait mieux qu'il ne m'appelle pas ce soir, afin que je n'aie pas à lui dire l'impossibilité de demain (Eric et son

Capes). J'ai mal à l'estomac et la colique. Raison ?

À ses yeux, je n'ai aucune spécificité d'écrivain (il ne peut vraiment comprendre ce que représentent mes œuvres, ni ce qu'elles sont par rapport au reste de la littérature française), un écrivain comme un autre, c'est-à-dire que n'importe quelle femme écrivain peut me remplacer, à égalité de fantasme social. Ce cahier s'achève et je vais finir *Anna Karenine*, crainte d'un rapport de douleur, pire que ce que j'ai connu depuis octobre. Aucune illusion, il me plaquera seulement peu à peu. Ou bien il faudra que je le guide vers l'aveu. Dans toute notre histoire, sauf la première fois, c'est moi qui ai tout fait.

10 h 30. Il a appelé vers six heures, quand je n'étais pas là, et depuis, rien. Ma joie s'est effilochée progressivement, jusqu'à cette certitude : il m'appelait pour me dire que ce n'était pas possible demain. Je ne peux plus vivre dans cette douleur. Lorsqu'il va m'appeler, je lui tendrai la perche de la rup-

ture. Il me semble que cela fait dix jours, peut-être plus, que je suis dévastée chaque soir. Comme la soirée d'il y a quelques jours est lointaine, irréelle.

Mardi 14

Très mal dormi, mal à la gorge. Aucune envie de travailler sur mon texte, terminé et nul. L'angoisse me submerge. Coup de téléphone, c'est l'entrepreneur de peinture… Comment *vivre* ainsi ? Survivre après ce qui m'apparaît comme l'inéluctable rupture, ou plutôt la fin logique de cette histoire, si belle, si parfaite au début.

10 h 30. Il a appelé. Voiture en révision. D'un seul coup, un ordre revient, dont je sais qu'il est faux et illusoire (il ne m'aime pas davantage qu'avant le coup de fil et je dois taper ce mauvais texte sur l'URSS). Mais enfin, peut-être dormirai-je…

J'ai fini *Anna Karenine*, les dernières pages, la marche vers la mort, sont sublimes, avec une espèce de discours intérieur.

Sans rien de lui. Hier soir, dans le lit, insomnie et larmes, j'aurais, moi aussi, aimé mourir, mais sans rien faire pour cela. Une image me terrifiait, je le voyais danser avec des femmes d'une quelconque délégation (comme nous, en URSS), j'étais exclue, toujours la même histoire (Et comme j'ai souffert de cela, avec Philippe, ces soirs où il ne rentrait pas, c'était donc l'enfer ? Ou bien, ce n'était pas *pire* que maintenant ? Simplement identique ?) Je me souvenais de la chambre de Bordeaux, la découverte des draps avec le sang de la virginité de cette fille (Annie comment ? j'ai oublié), ma douleur. Février 64. Quelle histoire, tout de même, que ce mariage, cette vie avec Philippe, uniquement fondée sur mon manque intérieur, mon besoin d'un homme qui ne m'aime pas. Car S. ne m'aime pas non plus, il ne m'a jamais aimée. Et, en lui, ce que j'aime, c'est sa jeunesse, l'URSS qui m'a toujours fascinée et qui me paraît actuellement la grande question du monde. Quatre jours seulement qu'il a téléphoné, une éternité. Je repense à mardi, je me revois chez le marchand de fleurs de Cergy-Village, envoyant des fleurs à la comédienne de *Une femme*, et je me dis qu'alors il n'avait pas encore appelé, que j'ignorais mon bonheur du soir. Mais c'est comme si ce coup de téléphone n'avait pas eu lieu, juste un petit incident insignifiant dans une durée de douleur. Ne rien avoir à faire intellectuellement est *pire*.

Dimanche 19

Il a appelé à dix-sept heures trente. Quelque chose tombe après, comme un rideau sur le théâtre imaginaire que j'ai fait jouer pendant des jours. L'attente — calme — commence, la peur aussi, de constater l'indifférence, la lassitude, le *moins de désir*, la dernière fois était si belle. L'absurdité de cette liaison, sa « contingence » est pourtant si évidente. Qu'est-ce qui nous lie ? Moi, le vide, je sais. Lui ?

Mardi 21

Printemps, hier. Ces trois semaines sans le voir avant, à mon insu, font jouer la lucidité, ou l'indifférence, en ce qui me concerne. Son visage m'apparaissait banal, sa prise de position en faveur de la peine de mort, des lois contre l'homosexualité en URSS, difficile à supporter. Et cependant, désir de me l'attacher, toujours, en commandant dès ce matin le livre qu'il désire avoir pour son anniversaire. Corps mince, très peu viril, si émouvant. Aurons-nous cette nuit ensemble avant de ne plus nous désirer ? Il m'a promis de m'inviter au cinéma de l'ambassade, cela m'a fait très plaisir, suivant la formule…

Vendredi 24

Rêve cette nuit, je dis cette phrase : « La sexualité a toujours été une angoisse dans ma vie. » Depuis lundi, je vis le désenchantement, l'absence de passion, la certitude qu'il n'est pas du tout attaché à moi. Par suite, je ne peux plus maintenir seule, à bout de bras, cette histoire. Il est encore dans toutes mes pensées, mais sans la violence précédente, le besoin fou.

Été aujourd'hui à l'église russe, rue Daru. Le choc de revoir l'architecture de ces églises, fermées, étroites, les icônes. Puis l'exposition de costumes russes, évidemment, au musée Jacquemart-André.

Dimanche 26

Brouillard dans lequel se détache le magnolia en fleur. Pâques. Il y a six mois juste, et je ne le savais pas, j'étais emportée depuis deux heures du matin dans une histoire avec un Soviétique que je croyais seulement me « faire », une nuit. La vulgarité ne m'a jamais sauvée de rien, ni le cynisme. Plus romantique que la plus romantique des midinettes. Que faire maintenant, accepter ce qui est et me mortifie (d'être de moins en moins baisée), ou rompre à ma manière habituelle ? Sans être sûre qu'il cherche à me revoir, tant il est pragmatique et peu romantique, lui : « si elle ne veut plus, tant pis ». Et certainement très vaniteux sur ce point comme il l'est dans la vie sociale (garder sur soi la carte d'Alain Delon !). Pourquoi suis-je toujours attachée aux hommes les plus vains.

Lundi 27

Rêve éprouvant, le plus éprouvant qui soit, la mort d'un enfant, David. Ensuite, un autre rêve que je prends pour la réalité, c'est-à-dire qui prend le premier rêve comme un rêve. Un incendie. L'alerte est donnée à temps, je me retrouve dans une pièce, essayant des sous-vêtements. Passant devant la fenêtre, je vois les gens rescapés (il n'y a pas de victimes, de toute façon) dans un autocar. Ils me voient en petite tenue. Je pense alors qu'ils ressemblent, dans cet autocar, à des dizaines de poupées russes dans une vitrine. Dans ces deux rêves, mes parents sont vivants. Cette chaîne des générations, très présente à mon esprit. (Elle l'est depuis mon avortement en 64.)

Peur d'avril. Un cahier couvrant cinq mois seulement, c'est bien la première fois. Même en 63, je n'ai pas battu ce record. Cela prouve seulement que j'analyse davantage et que j'ai davantage l'habitude d'écrire. Mais rien sur la force de l'obsession elle-même.

Mardi 28

9 heures du soir. On dirait l'été. Je ne crois pas avoir connu une telle chaleur en mars (si, 1961). Huit jours qu'il n'a pas appelé, un jour de plus, et je regarde cela avec une espèce de douleur très habituée, en même temps sans issue, puisque je ne me décide pas encore à rompre. Mais peut-être, lui, a-t-il décidé justement d'accomplir ainsi, progressivement, cette rupture. Jeudi, s'il n'était pas au cinéma de l'ambassade ? Ou s'il m'ignorait ? Je ne fais plus rien, l'article sur « le politique » n'a aucun intérêt pour moi. Ce matin, devant l'église Notre-Dame de Pontoise, je pose le pied sur la racine noueuse,

145

apparente, d'un arbre, effectuant ensuite un petit saut. Alors je revois le palais d'été du tsar, près de Leningrad, les fontaines cachées dans le sol, qui vous inondent quand on marche dessus à l'improviste. Depuis ce temps, je n'y avais jamais pensé. Un jour, je retournerai à Leningrad, comme je suis retournée tant de fois à Venise, mais cette fois, je serai une vieille femme, et je ne sais pas comment on dit « *tempo fa* » en russe.

Ce que je pensais devoir arriver au début de ce cahier, la fin progressive du désir est ainsi survenue, suivant un processus inenrayable. Et maintenant ? Je suis encore incapable de me sortir de cette passion. Il faudra donc des signes encore plus évidents, plus nets, que je suis en train de m'accrocher ? Jouer mon va-tout, la lettre de rupture ? Par moments, il me semble que c'est le même obstacle mou, la même indifférence en S. qu'en Philippe. Tu me quittes ? Ah bon.

La lettre serait le point final. Et c'est pourquoi je n'ai pas le courage de l'écrire.

9 h 40. Il a appelé, on se voit vendredi. Est-ce que je suis folle ? Non.

Jeudi 30

Été, déjà. Je vais à l'ambassade d'URSS, je le verrai. Ce que j'aime, c'est la tension, le désir, et lui plaire. Être aimée, aimée, et je sais que c'est impossible.

Soir. Cascade de déceptions. « Diplomate de garde », il ne peut assister à la projection du film, promet de me rejoindre quand même. Mais, dans le noir, il ne me voit pas et s'en retourne. Il ne vient pas demain, mais sans doute lundi. Cette prudence, cette indifférence, devant tous. Ce soir, je ne l'ai pas *vu*, c'est-à-dire que je ne pouvais pas imaginer celui avec qui je fais l'amour. Cependant, en revenant ici, je le désire, et d'autant plus qu'il a été cette image froide, réservée, officielle. Maintenant il admet très bien Sakharov, bientôt aussi Soljenitsyne ?

Que m'adviendra-t-il dans ce cahier ? Je voudrais *garder* S. et écrire, est-ce possible ? Le rêve : les vacances à Moscou, lieu plus « parlant », avec S.

Avril
Lundi 3

Il y a vingt-cinq ans, j'arrivais à Sainte-Maxime, Eric était conçu dans l'hôtel de la Poste (?), je revois cette chambre, je me rappelle certains propos d'alors (moi : « Nous sommes des auto-érotiques », et lui : « Ah bon, il y en a qui font ça dans un lit, nous c'est en auto ! »). Ma vie était alors engagée, je ne voulais pas être fille mère, comme on disait alors, ni avorter de nouveau, la seule solution était le mariage.

Aujourd'hui, je ne sais pas si S. va venir, si j'ai bien compris l'arrangement. Sans doute la dernière fois avant mon voyage. Il fait gris et froid. Est-ce que cela sera moins muet que les autres fois ? Mais pourquoi penser qu'il puisse changer ? Il ne disait rien à Leningrad, ni en octobre au studio de Paris. Il était, est, pragmatique et d'un extrême renfermement. Peut-être seulement jouisseur.

17 heures. Et si je m'étais trompée, que le rendez-vous ne soit pas sûr ? Depuis une minute, je suis persuadée que j'aurais dû comprendre autrement, c'est-à-dire qu'il allait me téléphoner samedi ou dimanche, s'il venait (et non s'il ne venait pas). Je suis dans un trou.

10 h 45. C'était bien aujourd'hui. Il est arrivé à dix-sept heures quarante-cinq, après le coup de téléphone de Marie-Claude V. Son frère Jean-Yves est atteint d'un cancer au cerveau. Je le revois en 63, au mariage de Marie-Claude, nos conversations presque intimes. Bien que souvent je sois comme au bout de la vie, la réalité de la mort d'un garçon de quarante-sept ans me paraît injuste, impensable. Mais je ne songeais qu'à S. Qui n'arrivait pas. Et j'ai vu la voiture bleue tourner dans l'allée. Après, le temps, l'autre temps, a commencé, et il est fini. Peu de mots, comme d'habitude. Je lui demande, « tu aimes [ce que je fais en ce moment] ? ».

Il a un sourire, un air, impossibles à qualifier, d'exultation. Le seul progrès, la lumière, les yeux ouverts. Heureux du livre que je lui ai offert, le feuilletant avec une joie enfantine. Peut-être n'aurais-je pas dû ajouter d'autres livres, comme si je niais son bon choix (du livre qu'il désirait). Je redoute d'avoir laissé dans ces deux autres livres quelque marque personnelle, comme cela m'arrive, because Maria ou Macha, l'épouse, la *jena*, toujours soupçonneuse (souvenirs de moi — et je le suis aussi, soupçonneuse). Fellation — sodomie. Il pense d'abord à lui, infini narcissisme, mais j'aime donner le plaisir, maintenant. Ce mois à venir sans le revoir.

Mardi 4

Je suis dans un état psychologiquement comateux. Il neige et c'est avril. Rêve de S. cette nuit, pour la première fois après une soirée avec lui. La pièce où est l'ordinateur était aménagée en studio pour lui. On ne peut plus clair, comme d'habitude.

Moi : « On a beaucoup de plaisir ensemble, mais que suis-je pour toi ? Rien ? — Non non. — Quoi, non ? — Tu es beaucoup. » Voilà, j'ai eu *beaucoup* à empocher, rien d'autre.

Ce moment terrible, muet, où il se rhabille dans la chambre. Une à une, les pièces de vêtement — que j'ai fait tomber, quatre heures auparavant — enfilées, remises posément. D'abord le slip, puis le tricot de corps, puis le pantalon, la ceinture, la chemise, la cravate, les chaussures (il ne quitte jamais ses chaussettes). Cette cérémonie me brise. Elle est le départ, infiniment ralenti.

Un chien aboie. Je suis au cœur du vide, comme à Sées, comme à Londres, en 60, ou chez P., en 84. Je pleure vaguement.

Un peu gigolo : il me boit une demi-bouteille de Chivas, me réclame le paquet de Marlboro entamé. Mère et pute, je suis les deux. J'ai toujours aimé tous les rôles.

Jalouse de celles qui parlent russe. Comme si elles avaient quelque chose de commun avec lui, que je n'aurai jamais, même si par ailleurs elles ne peuvent avoir aucun lien avec lui. C'est ce *manque* en moi qui me fait souffrir par rapport aux autres (rapprocher de la sensation éprouvée à la librairie du Globe, et plus récemment, à l'église orthodoxe russe, en entendant parler cette langue que je ne connais pas).

Samedi 8

J'ai été malade, une véritable angine, depuis mercredi. Les jours sont à nouveau désenchantés (la maladie était insensibilité), avec la perspective de ce long voyage, Danemark et pays de l'Est. Je ne crois plus que je le reverrai avant de partir. Peut-être un rapide coup de téléphone, lundi ou mardi soir… Brouillard.

Mercredi 12

Malmö. Je suis dans un état de fatigue incommensurable. Le dégoût de vivre, dans un magasin de design suédois, Silversberg.

Toute l'imbécillité de parler littérature devant un public m'apparaît. Pourquoi suis-je ici ? Pour « profiter » des voyages, mais je les paie cher.

Dormi vaguement vingt minutes. Hier soir, appel rituel de S. : « An-nie, tu vas bien ? — J'ai été malade. [Ne me demande pas ce que j'ai eu.] — Tu ne pars pas ? — Si. — Quand ?… Tu reviens quand ?… Je t'appelle samedi. Bon voyage. » Il me semble voir ces mots sur un écran d'ordinateur ou de Minitel, loin de moi. Et pourtant, je ne cesse pas de penser à lui, de tout faire en rapportant les choses à lui. (Il y a quatre ans, ici, c'est à P. que je pensais, et dans quatre ans ?)

Jeudi 13

Dans la chambre du Neptune, à Copenhague (le même hôtel qu'en 85), il y a le Nouveau Testament dans la table de nuit et des cassettes de films pornos sur le poste de télévision. Me demander *quand* je vais oser en mettre une (car cela sera inscrit sur ma facture, deviendra visible !) pour savoir enfin à quoi ça ressemble. Non pour suppléer un manque, pour apprendre encore. Peut-être cette nuit ou demain matin, une fois la conférence passée. Silence absolu de cette chambre petite et claire. Le Danemark, clean et désespérant, m'est du coton où je ne sens plus rien.

Hier, pour la première fois, envie d'insulter les gens venus là, au Centre culturel, pour m'écouter. Leur dire : « Qu'est-ce que vous attendez ? Que venez-vous faire ici ? la messe culturelle ? Bande de cons, y a rien à voir et je n'écris pas pour vous, vieilles mémés cultivées de Suède. »

Samedi 15

Hier, Horsens et Jelling, tombes des premiers rois du Danemark. Décrire pour décrire, inutile.

Attitude exaspérante de Françoise A. vis-à-vis de son chef, une femme qui a la « simplicité » de la classe bourgeoise. Ainsi sa façon incessante, plate, de l'appeler « Annie » (et peut-être n'y aurais-je pas été sensible si ce n'était aussi mon prénom).

Mais ce qui compte, c'est que S. n'a pas appelé comme il l'avait promis. Toutes mes espérances (à vrai dire folles étant donné l'état de nos relations) de le voir demain, abolies. Peut-être l'a-t-il fait exprès, afin que je ne lui demande rien pour demain, justement. C'est assez horrible maintenant de constater l'indifférence qui a dû être la sienne depuis décembre, à peu près.

Lundi 17

Gare de Cergy. Tout à l'heure, Prague. « En…, je fus à Prague », Camus… Le sentiment d'aller dans un pays plus proche de S. que le Danemark, et puis c'est la première fois.

Hier soir, appel neutre, pour fixer le r.v., le matin de mon retour. Il décide toujours, monolithique. Constamment, je revois la première fois de Leningrad, le *geste* qui a tout déclenché, comme un coup de couteau déclenche l'horreur. Quoi, ici, en fait, le bonheur, certes, mais aussi le malheur. Je joue aussi toutes les scènes érotiques à venir. Quand cela cessera, c'est que je n'aurai plus besoin de lui.

Mercredi 19

Faux départ, lundi. J'ai raté l'avion. Hier, détour par Vienne, glacé. Prague, superbe, noir. Le château et la cathédrale vus du pont Saint-Charles ont l'allure d'un conte d'Hoffmann. Hôtel bruyant, Centrum Hotel, près des tramways, avec un petit salon, comme à Moscou, à l'hôtel du comité central du PCUS. Hier soir, en m'endormant, gelée, sous ces couettes qui s'échappent, dans cette pièce marron-jaune, avec des fenêtres qui ne ferment pas bien, je sens avec certitude que *jamais* je ne pourrais vivre dans un pays de l'Est. Pourtant, des gens y sont heureux. Ici, je parle beaucoup de l'URSS avec les conseillers culturels. L'orgueil des Russes d'être le plus grand pays et le plus fort, avec les USA. Leur mépris de ceux qu'ils écrasent, et en retour leur acceptation d'être « mouchés ».

Insaisissablement, je *comprends* la nature des rapports de S. avec moi : ils ne peuvent être autres, simplistes oralement, conquérants et brutaux. J'espère que le conseiller culturel ne racontera pas ce qu'il a sans doute deviné, ma liaison avec un Soviétique. Le secret vaut toujours mieux.

Aéroport. Je n'ai plus de voix, aphone comme je ne l'ai jamais été depuis 69. Vingt ans ! Ce matin, interview de la traductrice rousse et bègue. Union des Écrivains, avec l'officiel épurateur d'après le Printemps de Prague, « Brat ». Atmosphère Est, la pièce sombre, le café servi, les clivages idéologiques impossibles à percer. Charge du Brat contre Hrabal.

Université de Prague, toujours les mêmes attaques contre le Nouveau Roman, évocation d'écrivains communistes ou assimilés. Peut-il en être autrement ?

Soir, Budapest. Déréliction, tout à l'heure. Être assise sur les chiottes, mal au ventre, et la tête penchée sur une serviette étalée au sol. J'essaie de vomir. Sans doute le bol de bouillon au goulasch qui n'a pas passé, trop gras. Et je suis singulièrement fragile en ce moment. Et si j'avais le sida ? Il ne pourrait m'avoir été transmis que par S.

Samedi 22

Budapest is over. Je vis ces conférences dans l'abattement de la nécessité. Compensations, les villes, les villes rêvées qui sont là, très naturellement : Budapest (le quartier du château — le panorama depuis la statue de la liberté), Varsovie (bien réduite à sa seule place historique). Partout la haine des Russes, mais surtout en Pologne, dans un triste état et arriérée (chevaux de labour — gardeuses d'oies — églises), pénurie de tout (essence, fromage ce matin). La femme du conseiller culturel m'agace par son style jean et pull, pas de maquillage, mais pointilleuse sur l'éducation bourgeoise donnée à sa gamine, les disques classiques au mètre, etc.

Une certaine déréliction, maintenant, cesse de m'affoler. À l'aéroport de Varsovie, chute à cause de mes paquets, je perds mes deux chaussures en un éclair. Mais ensuite il y aura au moins trois hommes pour m'aider à comprendre les annonces en polonais, retard de l'avion (deux heures trente) et enfin, bagages qui n'arrivent pas, tapis roulant bloqué. Pour finir, aller manger du jambon en boîte avec des gens qui m'indiffèrent profondément, ce couple de conseillers culturels. Pris du voyage jusqu'à plus soif.

Je suis dans le plus vieil hôtel de Cracovie, où Balzac a rejoint Mme Hanska. Cinq mètres sous plafond, faux luxe, odeurs de peinture. L'hôtel de la Rose.

Plus la soirée avance, plus je me sens en état de douleur vague, l'image de S. et de moi à Leningrad devient trop forte, l'attente de le revoir impossible à supporter sans pleurer — de solitude aussi.

Le temps a presque fini de passer. Je ne donnerai plus de conférence, cette exhibition est horrible. Dimanche après-midi, irritation absolue à cause de l'attitude d'E. et V. C., les conseillers culturels, vis-à-vis de leur fille. Élevée dans les principes bourgeois jusqu'à la caricature. Cette violence douce de *tous les instants* avait quelque chose d'atroce. Ne pas prendre les olives avec les doigts, attendre que la personne invitée mange, etc. À quatre ans ! Et l'odieux chantage à propos des Schtroumpfs : si tu ne me laisses pas monter plus tard dans ta voiture — ce que la gamine avait dit par jeu — tu ne vas pas voir les Schtroumpfs. Tout cela dit avec une douceur terrifiante. Haine de classe. Non. Lutte du vulgaire (moi) et de la distinction (elle, la femme du conseiller) qui fait les coupures irréductibles. Son horreur, le soir, quand elle m'a vue être draguée par deux Polonais très vulgaires justement.

Visité avec eux le quartier juif de Kazimierz, abandonné, avec les noms sur les portes, parfois. Aujourd'hui, visité des églises, pleines de monde sans arrêt, des messes le lundi… Les Polonais sont dans les églises et les magasins. Ils entrent dans *tous*, cherchant n'importe quoi d'intéressant. Un étrange affairement de fourmis, en quête de choses à rapporter, inlassable. La queue, lente, muette. Docilité, silence. Et l'église.

Cette façon de regarder les vitrines où s'exposent de minuscules tas de bonbons, des bouteilles de jus de fruits bien rangées. Le kilo de tomates coûte le prix d'une poupée et quatre fois plus qu'un brushing.

Mardi 25

Avion Varsovie-Paris.

Hier, je somnolais l'après-midi, à l'hôtel. Des pas de gens dans la rue piétonne : étrange, comme un seul pas martelant la rue, un pas immobile, celui des bêtes la nuit dans une écurie. Un pas silencieux : les Polonais ne parlent pas. Nulle part. Queues silencieuses, flot de touristes muets sur la place des Marieki. Dociles et muets. Une religieuse à ma conférence ! L'église, pesante.

Chez le coiffeur, des filles gentilles en blouse sale, une rangée de casques vétustes, une glace piquée ne reflétant qu'une image brouillée quand la coiffeuse me demande de m'y regarder pour vérifier mes sourcils épilés. Le sèche-cheveux ne chauffe pas. Lumières faibles, presque de la pénombre. Voir les gens s'arrêter devant les vitrines grandes comme des fenêtres d'habitation, où s'exposent des packs de jus de fruits, des bonbons, le luxe donc. Nulle part ailleurs la désolation ne m'a autant frappée.

Vendredi 28

Il est venu hier, vers onze heures. Désir. Il s'agenouille pour m'embrasser le sexe, il ne l'avait pas fait depuis Noël. L'amour assez tendre, et il me désire toujours autant, mais les mots me manquent tellement, de plus en plus. Les paroles et larmes refoulées, mon visage toujours lisse, souriant, ma tendresse constante me sont insupportables à la longue. Je lui ai rapporté des cigarettes Marlboro, une cartouche en free-tax. Il en extirpe un paquet aussitôt (il n'avait donc pas de cigarettes sur lui ? habitude de se servir chez moi) et il n'oubliera pas la cartouche en partant. Je lui ai donné deux lettres écrites, l'une pendant mon angine, l'autre à Budapest. Mais qu'en pense-t-il ? Cela non plus, je ne le saurai jamais. Le soir, à l'ambassade, séance de cinéma, le film, *Assa*. J'essaie davantage de comprendre le russe que de suivre l'histoire. Sa femme est à côté de moi. Je ne « sens » rien, sinon une espèce de curiosité, mais les quelques paroles qu'ils échangent tous les deux me relèguent à ma condition d'étrangère — doublement. Elle semble ne plus soupçonner quoi que ce soit. Comment lui fait-il l'amour ? Elle est petite et grosse des fesses, des hanches, pas de poitrine. Jouit-elle ? Peut-être à cause de cette vague jalousie, j'ai fait un rêve éprouvant. Il me dit qu'il a espacé plusieurs fois nos rencontres pour que je me détache de lui et cette fois, c'est la dernière. D'ailleurs, il part de France. J'essaie de le voir passer, de la barrière derrière laquelle je me trouve, mais le chemin reste vide, je ne le reverrai pas. Est-ce l'expression de mon désir, la *solution imaginaire* qui serait la meilleure pour moi ?

Sitôt rentrée de voyage, délivrée des obligations de représentation, de travail, je retombe dans l'obsession, le désir de le voir.

Mai
Lundi 1ᵉʳ

Revu nos films d'amateur des années 72-73 et 75. Pour la première fois, je me vois comme *autre*, très différente de ce que je suis maintenant, plus jeune indéniablement, genre sévère. Rien dans mon visage n'évoque le bonheur, surtout en 75. « Femme gelée », oui. Mes livres ont toujours été la forme la plus vraie de ma personnalité, à mon insu. Comme ce mariage fut pesant.

21 heures. Il y a eu un coup de téléphone, personne au bout du fil. Tentation de penser qu'il s'agissait de S. dans un taxiphone qui, comme souvent, ne marchait pas. Mais les erreurs de numéros existent...

Mercredi 3

Jeudi est loin, si loin, et il n'appelle jamais. Il va falloir rompre, ma vie est trop stupide. Mais pour *qui* est-ce que je bronze ? Et cette lettre que je prépare mentalement est plutôt faite pour qu'il refuse la rupture. J'ai relu le cahier précédent et, curieusement, je suis persuadée qu'il tient à moi jusqu'en mars environ, où trois semaines s'écouleront sans que nous nous voyions.

Résolution : s'il ne vient pas à Cergy avant mon départ pour Jersey, je le vois encore une fois et je romps. Ou bien je romps au téléphone.

Vendredi 5

Quand je suis à Paris, comme aujourd'hui, rencontrant des gens — les Freire, la journaliste suédoise —, voyant passer les voitures avec des hommes au look urbain, la cravate, le costume clair, la coupe bcbg, je me dis que toute cette histoire est extrêmement plate, ordinaire. Rencontre, de temps en temps, d'un homme et d'une femme, simple coucherie. C'est comme si tout l'apparat imaginaire tombait. Je n'en suis pas triste, puisque c'est moi qui constate, qui ressens les choses de cette façon, pour moi-même, et non en adoptant, par exemple, son point de vue à lui. Puis je reviens ici, à Cergy, et je ne supporte pas cette attente du coup de téléphone. Huit jours, ce soir, nouveau palier. Je vis sans vivre. Quand vais-je crever le cerceau de papier, vais-je vouloir traverser la douleur.

Samedi 6

Rêve, qui me réveille. Dans une sorte de préau, j'attends (qui ?). C'est la sortie du théâtre, on joue *Une femme*, avec Micheline Uzan. Et je vois ma mère qui est là, parmi les spectateurs. Nous parlons et elle dit : « C'est mon histoire que tu as racontée ? » Je proteste : « Pas vraiment. » C'est ma mère d'avant la démence, en tailleur gris, et avec une « coiffure », comme elle disait en parlant de ses chapeaux.

Je bronze parfaitement idiote, comme en 63, en Italie, quand j'attendais une lettre de Philippe. J'avais attendu quinze jours ou plus ? Les souvenirs s'estompent. Seul compte S. Toute la force de l'attachement qui me lie à lui réside peut-être dans son caractère secret, son imprévisibilité, son « étrangeté ».

Recension des causes possibles de son silence :

1) une scène de sa femme au sujet des séances précédentes de cinéma à l'ambassade — où j'étais et elle non — s'il lui avait caché ma venue

2) jalousie vis-à-vis d'Alain N., à qui j'ai proposé de le ramener dans ma voiture

3) lassitude (cf. mon rêve) et il choisit de me larguer en espaçant les rencontres

4) travail, occupations inconnues (est-il au KGB ?)

Il ne m'a *pas dit qu'il m'appellerait.* (Malgré moi, je pense à ma mère, la dernière fois que je l'ai vue, en avril 86. Je lui dis : « À dimanche », et elle n'a pas répondu.) En revanche, il m'a demandé si j'irais au Salon du livre : en d'autres termes, nous ne nous reverrions pas d'ici là.

Pourtant, pourtant, cette tendresse, la dernière fois. Mais, justement, les dernières fois programmées ont la beauté des choses qui vont finir.

Si je ne devais *jamais* le revoir. Comme autrefois, Claude G. C'est comme la mort. Je suis dans les pires pressentiments (départ de France, largage, etc.).

Dimanche 7

Rien. Migraine ophtalmique au soleil. Ensuite, je suis comme folle, dépressive au dernier degré, et j'ai peur. L'heure est passée où il pourrait encore appeler. Je pense à la journée de demain, pourquoi attendre. Je m'enfonce dans quelque chose d'uniformément douloureux. Je n'ai rien maîtrisé avec S. et c'est même lui qui aura pris l'initiative de la rupture. La fuite en douce, évidemment.

Lundi 8

Plus je vais, plus je songe que c'est fini, que les raisons profondes m'en resteront toujours cachées. Dégoût de toutes les occupations (jardin, etc.), angoisse continuelle. J'en suis à regretter le bonheur d'octobre-novembre, que je paie trop cher maintenant. J'attends presque d'aller à Jersey comme une délivrance : ne plus être là, à espérer le coup de fil. Autre possibilité pour la rupture : bavardages de E., bruits calomnieux à mon sujet.

Soir. Il a appelé, très « normal ». Mes constructions imaginaires s'effondrent. J'ai sommeil. Je ne veux plus rompre, jusqu'à la prochaine fois… Mais comment croire qu'on puisse m'aimer, s'attacher à moi ? Comme si cela n'avait été possible que de la part de mes parents.

Mercredi 10

Je pars pour Jersey. J'ai encore rêvé de S. et que nous faisions l'amour. Insomnie aussi. Qu'il veuille me voir ne signifie pas qu'il ne soit pas las de nos relations. Il les *entretient* peut-être seulement, parce que je suis « écrivain ».

Vendredi 12

15 h 30. S. n'a pas appelé encore. Je suis exactement dans l'état de mes vingt, vingt-deux ans, après une nuit blanche. À Jersey, pas dormi une minute dans cette chambre glaciale donnant sur la mer. Impossible de me dépêtrer de la soirée de la veille, avec H.S., dans le restaurant chinois, puis le taxi. Je suis toujours aussi faible devant le désir, je l'ai embrassé, j'ai laissé sa main sur ma cuisse dans le taxi. Mais j'ai refusé qu'il monte à la guest-house. Comme d'habitude, je sais que ce n'est pas *lui*, H.S., que j'ai dans la peau,

mais *l'autre*, S. le Russe (de même, P. et non G.M., en 85). J'oublie déjà ici ses gestes et je ne voudrais que dormir, en pleurant, parce que S. ne m'appelle pas.

11 h 45. Il est venu, est resté cinq heures. Depuis longtemps, je n'avais vécu un moment aussi parfait, nous n'avions été aussi accordés. Quatre fois l'amour, de manière différente. (Chambre, sodomie, après beaucoup de lentes caresses — canapé du bas, missionnaire tendre aussi — chambre, si émouvante, « je vais mettre mon sperme sur ton ventre » — le canapé, en levrette, si bien accordée). Un infini besoin du corps de l'autre, de sa présence.

Samedi 13

À six heures, je me réveille. Pour la première fois, je pleure sans douleur sur son départ certain, en août. Je *réalise* qu'un jour il ne sera plus là, que je ne le reverrai peut-être, sûrement, jamais. Toute la force de la passion qui m'occupe depuis la fin septembre m'apparaît, toute cette beauté, cette perfection. (Je pleure en écrivant, là, maintenant). Je sens que le livre prochain sera *quelque chose pour lui*, même si je ne parle pas de lui. Pour la première fois, hier, nous avons trouvé le rythme commun absolu. Je ne l'avais jamais trouvé avec personne.

Hier, on se disputait à reconstituer le séjour de Leningrad, l'emploi du temps des deux jours. Il voulait lire mon journal. On a encore parlé de Staline, de la guerre. Son père a été « décoré » par Staline…

Je n'ai envie de rien. Inutilité maintenant de meubler autrement la maison, d'imaginer des achats de fringues pour l'hiver. Quelque chose s'arrête en août. Il ne me restera que l'écriture.

Mais encore quelques mois, deux et demi à peu près. « Laissez-le-moi, encore un peu, mon amoureux », la chanson de Piaf.

Ce matin, dans les rues, en conduisant, des larmes sans arrêt, comme lorsque ma mère est morte. Et encore, lorsque j'ai avorté, après, dans les rues de Rouen. La ligne, la

172

grande ligne du sens secret de ma vie. La même *perte*, pas encore tout à fait élucidée, que seule l'écriture peut élucider vraiment.

Mardi 16

Je vis pour vivre, en ce moment. Pour ne rien perdre de la vie pure, de cette passion qui va disparaître cet été. Comment vivrai-je cela ? À peu près comme à vingt, vingt-deux ans.

Chaleur cet après-midi, je mange du chocolat. Je retrouve les examens d'autrefois (bac, propé, licence), dans ce mélange de chaleur et de chocolat. En même temps, je sais que cette sensation était l'essence même de mon ennui, ma nausée de vivre d'alors, ignorant que, trente ans après, cette sensation serait au contraire l'essence même du plaisir de vivre (ou d'avoir vécu — ou de toujours vivre).

C'est maintenant que j'aime l'amour, faire l'amour. Que ce n'est plus une chose triste et solitaire.

Tout de même, tout de même, comment nier qu'il manifeste des signes d'attachement. Et de jalousie (mon bronzage — le fait d'avoir reconduit Alain N. en voiture). Mais dans quelques jours, tout va basculer à nouveau. Je me demanderai si ce n'était pas *la dernière fois*.

Jeudi 18

Je ne suis pas allée à l'inauguration du Salon du livre, où il est, en ce moment. Plus ou moins volontairement, je me suis exclue de cette fête lubrique et soûlarde du Tout-Paris, par peur d'y être déplacée, au risque de le laisser faire une rencontre agréable. Je revis toutes ces fêtes où je ne suis pas allée, ce bal de l'école d'agriculture 1957. Comme alors — mais ce n'est pas la *robe*, la fameuse robe pour aller danser qui me manque —, je suis seule, en robe de chambre, mais de « luxe » (celle de 57 était en laine rose, sorte de manteau à boutons), imaginant cette fête où je ne serai pas. Ô Pavese… Les murmures de la fête ne viennent pas jusqu'à moi, cependant. Et je sais quelle déception j'aurais pu ressentir d'y être. Autrefois, c'était le rêve, le bonheur absolu, que je me représentais. Aujourd'hui, je me suis exclue moi-même parce que j'ai déjà trop connu de fêtes ratées, douloureuses.

Cependant, toute la journée, je me suis demandé si j'irais, ou non. Il faut *passer* cette soirée sans trop souffrir. Essayer de penser qu'il me cherchera peut-être, sûrement même. Mais aussitôt, pour contrebalancer, qu'il sera tenté par des attachées de presse, certaines femmes écrivains échauffées ce soir-là, c'est bien connu. La semaine dernière, ne me suis-je pas laissé embrasser par H.S., n'avais-je pas un assez vif désir de lui ? Juste retour des choses, donc. Qui ne console de rien.

Vendredi 19

La douleur est venue dans la nuit, en me réveillant. Elle ne m'a pas quittée, elle ne me quittera pas avant le prochain coup de fil, c'est-à-dire dans un délai de temps impossible à déterminer. Jalousie, cette fois, sans ombre. Parce que tout est derrière, qu'il n'a plus de surprise à attendre de moi. C'est le fondement de ma jalousie, connaître mon vide. De nouveau la tentation de rompre, de chercher à le faire souffrir, si cela est possible.

Samedi 20

Parce que Claudine D. me dit que le Salon du livre est boudé, sans « monde », je me sens plus sereine à propos de jeudi soir, comme s'il y avait un rapport entre l'ensemble du comportement des gens, une atmosphère et ce qui dépend de la seule volonté individuelle, du hasard concernant la rencontre de deux personnes, S. et une autre femme. Je n'ai jamais pu séparer la perception du sentiment d'un homme à mon égard du milieu dans lequel il évoluait, qui devait toujours influencer ce sentiment. Je n'ai jamais cru à une force en soi du sentiment amoureux. Éminemment sujet aux espaces sociaux, en général.

Douleur de voir passer les voitures, ou d'entendre seulement leur bruit. Toutes me renvoient à l'image de la liberté, du plaisir, dont je suis exclue. À un projet de rencontre, indéfini, que je lui attribue, avec une autre. Mais quand je sais qu'il vient réellement, qu'il est sur l'autoroute A 15, je ne pense à rien, je n'ai plus que cette image : il vient, voilà tout.

Dimanche 21

Salon du livre. Pas vu. Rien le soir. Et s'il n'était même pas au cinéma de l'ambassade, jeudi ? Ou s'il avait quelqu'un d'autre ? Cette attente douloureuse finit par avoir un côté aventureux, *plein*.

Lundi 22

Je me réveille à six heures et je sais ma douleur. Comme Julien Sorel. Je me rendors, rêve d'un flirt avec un très jeune homme, et je suis réveillée par un cri (dans mon rêve sans doute) : « Maman ! » C'est de moi qu'il s'agit. Tout cela a rapport avec H.S., de Jersey. Impression si grande d'être pour lui *la mère*.

Hier, dans le métro, je suis dans une tension douloureuse, la même que lorsque je me rendais au studio, sur cette même ligne, pour voir S. Mais alors, elle n'était pas douleur, juste désir certain de se réaliser, flèche. Ici, un manque, un vide atroce.

Pourquoi n'appelle-t-il pas ? Toujours cette question sans réponse valable. Et si je ne le voyais même pas jeudi à l'ambassade ? Qu'il soit parti avec sa Batave, en Alsace ? Ou qu'il ne manifeste aucune connivence, ne me donne aucun r.v.

Soir, 22 heures. Rien, ou plutôt, il y a eu un appel et je suis arrivée trop tard. Sans doute pas lui. Ou lui. Qu'importe.

Souvenir de Tours 1952. La salle de restaurant luxueuse, d'un côté, le groupe du voyage organisé, nous, les péquenots, de l'autre, les clients normaux, cette fille bronzée, avec son père, chic. Elle mangeait ce que j'ai su plus tard être un yaourt. Moi, pâle, permanente défraîchie, lunettes, et mon père, les autres gens du car. Je découvrais la différence, la réalité des deux mondes.

Mardi 23

10 h 40. Finie l'attente, un jour de plus que la dernière fois, une descente infinie. Je murmurais tout haut, il y a dix minutes, « il faut rompre », avec horreur. Je vais partir à Reims, revenir, et peut-être — le pire — ne le verrai-je pas à la séance de cinéma jeudi soir. Peu à peu, je suis submergée par cette atroce pensée : qu'il soit retourné en URSS brusquement — ou sans vouloir me le dire, d'où la passion de la dernière rencontre.

6 heures. Je vis dans la stupeur. Pressentiment le plus grand : qu'il ne sera pas à
l'ambassade ce soir (raison : parti de France
— en voyage — ne voulant pas venir, mais
pourquoi). Autre cas de figure : il manifeste
de l'indifférence, ne me donne aucun r.v.
Ou encore : il souhaite me voir. Mais les
treize jours sans nouvelles me laissent peu
d'espoir pour cette solution. Et pourtant, ici,
maintenant, je ne sais pas encore. Dans deux
heures et demie, tout sera peut-être fini. Ma
dernière lettre restera dans mon sac. Plus ou
moins, cela ressemble toujours à la mort.

11 heures. Il y eut tout. La jalousie, l'exclusion, la fin de l'histoire durant quelques
secondes. Une jeune femme, grande,
blonde et plate (entre vingt-cinq et trente
ans, à côté d'elle la femme de S. paraissait
fripée), qu'il voulait visiblement séduire.
Elle était accompagnée de son mari, éditeur
minuscule, du PC sans doute. Entre les deux
couples formés, j'étais de trop. En plus, ma
présence paraissait bizarre (à la femme de S.

et à cette femme, qui a tout de suite repéré une connivence entre S. et moi). Puis je pars. Seule. Je revois ce tapis de l'ambassade, ces marches que je descends en pensant, « ça y est ». En étant *déjà* dans l'avenir, sans lui. Le méprisant, mais surtout me méprisant, moi. Et puis, en bas de l'escalier, me suis-je retournée ? Oui, sans doute. Je l'ai vu qui descendait, seul. J'ai regardé des prospectus sur une table, mine de rien. Il savait que je l'attendais, naturellement : « On se voit la semaine prochaine. — Oui. — Je t'appelle. — Tu m'appelles. » Puis : « Je peux te donner une lettre ? — Non. » J'ai refermé mon sac (à 1 500 francs, pour lui plaire — quand ne serai-je plus folle ?). Voilà. Ce soir, j'ai horreur d'être allée à ce film soviétique inepte. *Peut-être n'avait-il pas envie que je vienne.* Et peut-être ne me téléphonera-t-il pas. Le *seul* point positif : le risque qu'il a pris en me suivant, alors que tous venaient de me voir partir. Vraiment le seul. Bien. Et moi ? Quelle conduite tenir ? Rompre — menacer de rompre — ne rien dire. Le choix est là.

11 h 30. Il appelle. Rien. C'est lui, évidemment. Re-appel : « Ça va ? — Oui. — Je peux
venir demain, dix heures ? — Oui. » Voilà,
eue comme une enfant.

Vendredi 26

Il est venu, peu de temps, deux heures et
demie. Mais c'est habituel, en milieu de
journée. J'ai l'impression d'avoir fait aujour-
d'hui tout ce qu'il ne fallait pas faire, poussée
par mon goût ancien de destruction : dire
que j'avais envie de rompre hier soir — dire
ce que j'ai déjà dit à Ph. et à P. sur ce
dimanche de 52, puis 58, et l'avortement. De
quoi l'effrayer. D'ailleurs, il est parti ensuite.

Je suis très fatiguée. Ce matin, je me
réveille à demi dans un rêve ensoleillé, où je
sens que l'organisation du monde m'échappe.
C'est tout le mystère douloureux de la vie,
du monde, que je sens. Puis, l'image de S.,
qui va venir aujourd'hui, mais ce n'est pas
une grande promesse de bonheur.

Moi : « Dis-moi si tu as envie de rompre, dis-le, parce que je ne comprends rien. — Oui, je te le dirai. » Ces mots me glacent. Peut-être va-t-il les dire dans les semaines qui viennent.

(Tout était faux de bout en bout, à propos de l'éditeur. Il n'est pas du PC, c'est un fils de bourgeois et il va se marier avec la femme qui était avec lui. S. ne pouvait donc pas vouloir la séduire. Son côté larbin, dostoïevskien, expliquait son attitude empressée.)

Samedi 27

Aucune autre solution que le travail intellectuel, où me perdre. Je vais vraiment très mal. Tout me désespère. La vision de cette année d'illusion, depuis début octobre, la sujétion dans laquelle j'ai vécu, et par-dessus le marché la possibilité d'une rupture. Je dois, en fait, non seulement m'habituer à celle-ci, mais la souhaiter pour mon équilibre, lequel ne m'apparaît maintenant que comme un état d'indifférence, un état mort.

Que je ne désire donc pas. Hier, j'ai choisi la solution moyenne, menaces de rupture. J'en ignore les conséquences. Ou l'orgueil — le sien — l'emporte et il précédera mon désir affiché de rompre. Ou il ne veut pas renoncer au plaisir et à la fierté intérieure que je lui apporte. D'après son comportement avec les gens (empressé, soucieux de plaire à l'extrême, presque larbin) peut-être devrais-je être plus dure, voire cruelle : serait-ce payant ?

Autre douleur, je ne peux pas renoncer à *dire le monde*, et depuis deux ans, je ne fais rien. Je ne peux plus vivre ainsi. Hommes, écriture, un cercle infernal.

J'ai *deux* choses à faire, retourner rue Cardinet, sur le lieu de l'avortement, et voir l'infirmière qui s'est occupée de ma mère. Encore cette conjonction. Soulever, au moins, cette ombre qui s'est couchée sur moi depuis huit mois, ce doux Soviétique aux yeux verts, à qui j'ai appris à faire l'amour autrement qu'en cosaque. Laisser, selon le mot de Proust, « l'intelligence percer une issue ». [« Là où la vie emmure, l'intelligence perce une issue. »] Arriver peut-être au moment où, comme Swann, je dirai que j'ai perdu mon temps et de l'argent (presque vrai) pour un homme qui, à l'inverse d'Odette pour Swann, était mon genre, mais ne le méritait pas.

Mardi 30

Mois de mai affreux (remonter à quand, 85, 82, pour le sentiment d'impuissance ?). C'était pire, je crois : tout ce qui est lié à mon mariage suscite en moi un sentiment d'horreur, la douleur sans issue.

Moments de lucidité. Il est évident que S. en a marre de moi. Inversement : le 12 mai, sa passion pour moi était évidente.

Marie-Claude m'a appelée. Jean-Yves est mort vendredi dernier. Il m'arrive de penser que nous sommes mystérieusement liés aux êtres et que leur disparition produit des « ondes ». Vendredi, ce jour où j'ai été si mal, où tout a paru me manquer, a été le jour de la mort de J.-Yves. Je ne l'ai jamais revu depuis juillet 63. Il m'avait confié : « Je n'ai pas d'ami. »

Juin
Jeudi 1ᵉʳ

Vu *Trop belle pour toi*, rien n'est semblable à mon histoire et tout l'est. En sortant, je sais qu'il s'agit de moi, de la vie ordinaire, des rapports contradictoires entre les hommes et les femmes. Et j'aurais voulu ne pas avoir à partir de la salle de cinéma, que cette histoire ne s'achève pas. Raccourci de l'art. Phrases du film pour moi : « C'est beau d'attendre un homme. » Et à propos des rencontres dans les motels, à midi : « Il y a des gens qui n'ont pas besoin de déjeuner. » Et puis, « Je suis une femme qui vit. Je suis une femme qui continue de vivre » [Josiane Balasko, en pleurant].

Rien, naturellement.

Samedi 3

Je vis dans une douleur anesthésiée. C'est-
à-dire que je n'attends plus quelque chose
de *mieux*. Que, l'espérance étant impossible,
la douleur ne peut être tension vers un bonheur encore concevable.

Je sais où il est, ce week-end. Dans le
Loiret, près de Châtillon-sur-Loire, dont je
revois encore la rue principale montant vers
l'église, la charcuterie où j'allais avec les
enfants (quand, la dernière fois, en 84,
85 ?). Je sais avec qui il est, la famille E.
Donc, imaginer, imaginer, encore et encore.

Odeur de certaines choses qui rappelle
celle — jadis détestée — chavirante maintenant, du sperme. Le 12 mai, « Je peux
mettre mon sperme sur ton ventre ? » Une
éternité. Ces souvenirs-là sont terribles
chaque fois que je pense : il ne viendra plus,
il ne dira plus ces mots-là, d'une manière
brève, russe. Je mesure la force de mon attachement à mon goût ou mon dégoût du
sperme. Ainsi, violent dégoût avec P., à partir

de 87. Et la première fois avec S., mon désir de le recracher dans le lavabo, à Leningrad.

Le comble du bonheur, un appel de S. dans la nuit, depuis le Loiret. À peu près comme le *Ah ! S'il pouvait faire du soleil cette nuit,* de Breton.

Lundi 5

Rêvé d'une sorte d'hôtel, ou de la Châtaigneraie, et je ne sais plus quel est le numéro de ma chambre, 62, ou 42, ou 63. On m'attend, d'où la panique. Je me réveille. Chaque nuit, maintenant, je m'éveille entre 3 h et 4 h et demie. Un moment dur. Pour me rendormir, j'ai *revu* toute la cuisine de l'appartement de l'avenue de Loverchy. Pourquoi cela, je ne sais. Cette recension me mettait dans un état d'énervement croissant. Je me suis arrêtée au placard à vaisselle, immense, avec ses portes lourdes à glissière.

Ni Annie M. ni Frédérique L. ne m'ont parlé de mon amour « russe » au téléphone et ce silence est pour moi comme le signe qu'elles savent que cette histoire est finie (bien qu'objectivement je ne voie pas comment elles pourraient savoir).

Si je renonce à *comprendre* (ce qu'il éprouve, ce que signifie tel ou tel geste, telle parole), je renonce en même temps à la passion. À *attendre*, également.

Je revois le retour de Jersey. J'attends Eric à Roissy — un avion est en provenance de Moscou —, je reste dans la voiture sur le parking d'Ikea pendant qu'Eric est parti acheter quelque chose. Et *je ne savais pas* quel bonheur m'attendait le soir, peut-être le dernier, avec S.

Mardi 6

Réveils noirs. Quand ai-je rêvé qu'il enlevait ses chaussettes pour faire l'amour ? Le sens de ce rêve est clair : je suis sûre qu'il a une autre femme (laquelle supporterait qu'il garde ses chaussettes ! !) Hésitation entre deux hypothèses : 1) il n'a plus aucun désir de continuer notre relation — 2) Il m'appellera très naturellement quand il aura le temps ou le désir de me voir.

À quatre heures moins le quart, il appelle : « Je peux venir tout de suite ? » C'était donc la deuxième solution. Pas plus que le jour de mon retour de Jersey, moins encore même, je ne savais ce matin chez la libraire, à la friperie, ni cet après-midi dans mon état blanc, quel bonheur (?) m'attendait. Pas réellement bonheur, surprise, apaisement. Cette ivresse de peau (on n'arrivait plus à avoir de plaisir), inlassable. Mais pourquoi ne me laisse-t-il pas le temps de le désirer vraiment, de l'attendre plusieurs heures, voire plusieurs jours ?

Mercredi 7

L'immense fatigue habituelle, impossibilité de faire quoi que ce soit. Des bribes de phrases traînant dans la mémoire. Le lendemain de fête, la gueule de bois sans avoir bu mais d'avoir fait l'amour. Insensibilité.

Aucune certitude que ce soit cela, l'attachement. À peu près sûre que E. sait tout.

Brusquement, la pensée du mariage où il va, samedi, les rencontres qu'il peut faire, *le bal*... Même en présence de sa femme, je ne suis pas sûre de lui. Maintenant, l'image de jalousie surgit beaucoup plus vite, peut-être pour m'éviter la lente désillusion des jours où j'attends un coup de téléphone. Je sécrète moi-même l'antidote de l'amour, peut-être pour prolonger cet amour par la souffrance.

Samedi 10

Je ne fais rien — presque naturellement. Le grand livre est encore dans les limbes, je tourne autour. Mon optimisme concernant S. n'a aucun fondement, sauf une anxiété moindre dans ma vie psychique. Car peut-être n'appellera-t-il pas, malgré ses promesses, dans la semaine qui vient. Je fais du jardinage, je sarcle la pente et je me souviens d'octobre dernier où, dans la douleur, parce qu'il ne m'avait pas appelée, je travaillais là, de la même manière. Ce souvenir de douleur est douceur maintenant, parce que je sais que je me trompais alors (il devait me montrer ensuite son violent attachement). Et plus profondément, parce que je revis la même chose, mais sans la même douleur. Cela ressemble à l'écriture.

Dimanche 11

Dans la nuit, insomnie. Une fois de plus, j'évoque Leningrad. Retrouver la joie d'alors, la sensation d'alors. Mais il était encore pour moi insignifiant, au sens premier, un homme que je désirais pour un soir, uniquement. Toute la valeur que j'attache à cette nuit de Leningrad vient des autres soirs et des après-midi, des dizaines de fois où nous avons fait l'amour, et mieux que cette nuit-là. Je suis à demi anesthésiée en ce moment, sans désir de travailler, de lire, et même pas encore inquiète de son absence de nouvelles, devenue habituelle.

Jeudi 15

Les vérités du réveil, quand je suis à demi consciente. Je ne suis rien d'autre pour S. qu'une femme connue, qui baise bien, donc visitable de temps en temps. Aucun attachement là-dedans. Des bouffées de fierté sans doute tempérées par le souvenir de mes quarante-huit ans.

J'ai oublié tout à fait le jeune homme de Jersey, qui, d'ailleurs, ne m'a pas réécrit. Brutalité de S., à y songer, ou timidité russe. À chaque rencontre, aucun langage préliminaire, même pas bonjour, les corps tout de suite. En octobre, dans la voiture, jusqu'à Cergy, il ne disait rien, fumait en silence, conduisait rapidement. Tout cela faisait que j'étais une *proie* saisie, *perdue*, chaque fois.

Vendredi 16

Nuit, réveils difficiles. D'abord à cause de cette cystite qui me torture à nouveau (depuis octobre…). Retour atroce, hier, dans le RER, en raison de l'envie d'uriner.

Cette rétention a entraîné les douleurs de la nuit. Puis le silence de S. En ce moment, essai de travail, œuvre, mais je suis traversée par une image dévastatrice : dimanche, retour de la noce de Barbizon, S. baisant sa femme. Je sais qu'il ne la choisit pas (moi non plus, maintenant), elle est sous la main, là, dans le lit conjugal. Pour moi, au moins, il doit faire quarante kilomètres, s'aménager un alibi. Tout de même. Je tombe comme dans un trou quand une telle vision me prend. La seule chose réconfortante, c'est de lire les pages précédentes : douleurs équivalentes ou pires. Ma demande qu'il me téléphone plus souvent reste lettre morte. La souffrance commence à environ une semaine de silence.

Samedi 17

Les yeux fermés, je ne pense à rien pendant que l'esthéticienne m'épile les sourcils. Je sens, à un moment, un souffle sur ma figure, mes lèvres, régulier, troublant. C'est elle, qui s'approche de très près pour mieux épiler (à la différence de toutes celles qui m'ont déjà fait ce soin). Je songe qu'un corps est un souffle. La vie, le désir, asexués. Je le savais, à quinze ans, en demandant à Colette de nous embrasser sur la bouche, « pour savoir ». Ce fut raté, la connaissance que nous avions l'une de l'autre empêchait tout. Je rouvre les yeux : c'est une femme, c'est-à-dire quelqu'un comme moi. Seul le souffle m'a fait penser à l'amour, pas ce visage. Et une femme ne peut donner un plaisir supplémentaire à la masturbation, non ce que j'ai partagé avec S., ce vendredi 12 au retour de Jersey. L'odeur, la douceur du sperme, cette odeur que l'eau de Javel, les troènes en fleur restituent secrètement, à défaillir.

Lundi 19

Je compte les jours, attachant un signe de plus en plus négatif à leur écoulement sans appel téléphonique. Mais il a, lui, sans doute, une autre notion du temps, qu'il ne calcule même pas. Cette absence de calcul a un sens, cependant, le peu de nécessité que je dois avoir dans sa vie.

Il fait toujours ce soleil, ce ciel imperturbablement limpide, cet été précoce. Ce matin, j'avais envie de le voir d'une façon désespérée, comme C.G. en 58 : le voir, faire l'amour, même s'il se fout de moi, et tant pis pour après, pour la désillusion qui suit, le malheur.

Je ne pensais pas du tout, à Leningrad, que cette jeunesse de S., par rapport à moi, m'apparaîtrait comme désirable. Elle n'était alors que très maladroite, insatisfaisante pour une nuit passagère. Cette « qualité » a pris de plus en plus d'importance, mais moins sûrement que la « qualité » russe.

Quand verrai-je les choses en termes distanciés ? Mais alors je deviendrai incapable d'écrire ce que j'écris ici, incapable d'être attentive à ces mouvements humains, quasi impalpables, insoupçonnables auparavant, que provoquent la passion, le désir et la jalousie.

Après-midi. État d'attente terrible. Au sens de besoin, de vide. Désir non physique, repérable dans mon corps — je ne « mouille » pas, par exemple — mais je suis psychologiquement creuse, séparée de moi-même à pleurer.

Soir. Étape supplémentaire, jamais il ne s'est passé autant de temps sans qu'il m'appelle. Est-il parti en Alsace ? Peut-être, peut-être pas, l'horreur de l'inconnu. J'écris pour être aimée, mais je ne veux pas de *leur* amour, à eux, les lecteurs. Ainsi, je pourrais écrire dans un livre, directement, « Aimez-moi ». Comme J. Hallyday dans je ne sais plus quelle chanson. Et « on » m'aimerait certainement, la femme fragile d'Apostrophes, des conférences de Prague ou d'ailleurs, mais je ne désire que l'amour choisi, désiré par moi, et de préférence pour celui qui ne voit pas en moi l'écrivain.

Mardi 20

Juin sera-t-il pire que mai ? Cela y ressemble. Il est évident qu'un homme qui ne
m'appelle pas une fois en quinze jours n'a
aucun sentiment pour moi. Je vois avec
cruauté la réalité de la situation et du côté
suicidaire de mon attitude. Car je ne fais rien
pour me libérer de mon obsession, de mon
désir. Des scènes jalouses me traversent.
J'irai voir le film russe *La petite Véra*, demain,
déjà je me le représente accompagné d'une
autre femme, qu'il embrasse dans la salle. Il
ne tient jamais parole au sujet des coups de
téléphone. Bref, je suis en train de me
dévorer moi-même pour un personnage,
somme toute, plutôt fat, sûr de lui, et à la
jouissance réglée, canalisée. Pas au début,
cependant. Il n'y a ici rien d'autre que
l'usure du temps sur le désir, pourquoi
n'avoir pas la force de l'admettre et d'en
tirer des conséquences positives, comme
autrefois : « Je ne suis pas de celles qui meurent de chagrin/Je n'ai pas la vertu des
femmes de marin… »

Rêve révélateur de mes désirs et de ce que je crains d'être : rencontre de S., en public, déjeuner. Il me met la main sur l'épaule, nous cherchons un endroit, pour être isolés, il a très envie de moi, à son habitude. Une espèce de grotte, mais la lumière qui l'éclairait s'éteint, l'eau du sol devient abondante. J'ai peur, nous sortons. On se retrouve chez moi, la maison est pleine de monde, les enfants se sont en allés. Nous allons dans ma chambre, le lit est rempli d'objets, comme si la maison était en déménagement. Je commence à lui caresser le sexe. Changement d'attitude, il devient ironique, moqueur, ce qu'il n'est jamais, me reproche de me précipiter sur son sexe, de vouloir toujours le faire jouir (ce qui est vrai). Plus tard, dans mon rêve, la chatte Lucrèce réapparaît, vivante. (Elle a disparu depuis vendredi, je la crois morte, chagrin supplémentaire de ce mois de juin.)

Il a appelé hier soir, vers onze heures moins dix, était-il un peu gêné (la voix) ? Il me propose qu'on se voie… la semaine prochaine. « Je te rappelle lundi. » Le fera-t-il ? Flottante encore, incapable de penser clairement. Dans la nuit — insomnie — je me dis qu'il attendait peut-être que je refuse, soulagé que ce soit moi qui prenne l'initiative d'une rupture qu'il n'ose pas prendre lui-même. D'où ma crainte qu'il n'appelle pas lundi, mais plus tard. Puis, alors que je commençais à rêver de son corps, de cette future rencontre (aiguisée dans l'après-midi par le film *La petite Véra*, dont le héros s'appelle S.), me traverse l'image des danseuses cubaines à Paris, ces femmes sensuelles et libérées d'une île dont il garde la nostalgie. J'imagine des rencontres aussi faciles que fut la nôtre, dans des chambres d'hôtel. C'est le gouffre de la jalousie, le chagrin violent. La phrase de Proust, notée à seize ans, me revient : « Les chagrins sont des serviteurs muets [...] contre lesquels on lutte, sous l'emprise desquels on tombe de plus en plus, et qui, par des voies souterraines, vous mènent à la vérité et à la mort. Heureux celui qui a rencontré la première avant la seconde », etc. Dans l'horreur, la tristesse, je me fais l'amour à moi-même trois ou quatre fois. Pourtant, la tristesse demeure, l'épuisement ne dominant pas l'incertitude, impossible à lever, de savoir si S. est un dragueur ordinaire ou un garçon plutôt « à draguer », le dilemme ici ne se posant même plus, tant les Cubaines sont, paraît-il, entreprenantes.

Résolutions (à relire lundi matin). S'il repousse encore notre rencontre, sans fixer de jour, je lui propose que nous ne nous voyions plus, très uniment, sans drame. Manœuvre, évidemment, mais quitte ou double. S'il vient, et ne manifeste que peu de désir, je prends les mêmes dispositions, de vive voix ou par lettre préparée à l'avance, que je lui remettrai, ou non, selon son attitude.

Lundi 26

À peu près sûre, dès le matin, qu'il n'appellerait pas. Je crois que cela a déjà eu lieu (début janvier ?, et en mars ?). Raison habituelle, il ne peut pas venir, donc inutile de m'appeler. Cette façon de vivre dans l'angoisse est la pire de toutes — est-ce sûr ? — et ne saurait se prolonger des mois, de toute manière. La limite extrême étant son départ en URSS pour les vacances.

Mardi 27

J'ai retrouvé les jours les plus noirs de ma vie, et les moins avouables. Le *droit* d'être triste pour la perte de ma mère, voire de Lucrèce, la petite chatte disparue la semaine dernière — pas celui de montrer que l'absence totale de S. me détruit. Cette nuit, larmes, envie de mort, horreur de sentir mes cuisses sans fermeté, de me savoir condamnée à vieillir, donc à la solitude. Je ne verrai sans doute pas Gorbatchev et S. a quelqu'un d'autre, voilà les faits probables. Je ne l'ai pas vu depuis trois semaines exactement, alors que je ne voyageais pas, à la différence d'avril. Le temps est venu de rompre pour, tout simplement, cesser de souffrir.

Soir. Regardé *Un été 42*. Tous les films parlent d'amour. Je pleure. « Je ne devais jamais la revoir », dit la voix *off* du narrateur, à la fin. Toujours la même histoire. Peut-être la mienne aussi.

Mercredi 28

Un an aujourd'hui que j'ai rencontré S. chez Irène S., vers dix-sept heures trente (il était en retard) mais sans pensée aucune. Seulement deux mois plus tard.

Je crois toujours atteindre l'extrême douleur, et puis non. Cette nuit, deux fois je me réveille et je pleure, dans une telle angoisse que je crois avoir le cœur prêt à éclater. L'Italie 63 est revenue, peut-être en pire. Ne pas savoir. Mais qu'y a-t-il à savoir ? Son indifférence, c'est tout, quelle qu'en soit la cause, travail ou une autre femme. Et mon orgueil claqué, parce qu'il ne m'invite pas à l'ambassade pour la réception de Gorbatchev.

Jeudi 29

Il va venir. Rêvé cette nuit d'un enfant nu que je promène à Yvetot, rue de la République, vers un docteur ? ou une église ? Dans mon rêve, j'ai r.v. avec S. comme dans la réalité. Je vois une grande croix, le Golgotha. Difficile à déchiffrer.

Je vis dans deux temps, l'un sans r.v., douloureux, l'autre — comme aujourd'hui — sans pensée, dans la stupeur du désir qui va se réaliser et qui n'est jamais aussi bien réalisé que je le pensais. Mais hier soir, je pleurais de bonheur de savoir qu'il ne m'abandonnait pas tout à fait (cette phrase de courrier du cœur, atroce pour moi).

11 heures. Il pleut. La peur d'un r.v. manqué, d'un accident. La fête pour rien. Ou plutôt, les préparatifs inutiles, être « belle » pour rien, l'attente déçue, ce qu'il y a de plus terrible. Et chaque jour, ma mère

devait m'attendre ainsi, dans les derniers mois de sa vie.

11 h 10. De plus en plus inquiète. Ce bruit incessant de marteau piqueur masquant la venue de sa voiture. Ma peur avant la *cérémonie*, toujours, et je n'en connais pas de plus belles.

Midi. Il ne viendra sans doute plus. Ce mois de juin aura été le plus noir depuis longtemps. Je n'ai jamais été si malheureuse qu'en ces jours les plus chauds, magnifiques.

16 heures. Il est venu, retardé par la nécessité de conduire quelqu'un à l'aéroport. Repart deux heures après environ. « Est-ce que tes fils sont jaloux de moi ? » Lui aussi, être le préféré, susciter la jalousie… mais il est tellement plus fort que moi. Uniquement, ou presque, préoccupé de sa carrière. À moins qu'il ne cache son jeu, soit dragueur. Mais cette peur qu'on sache notre liaison n'est-elle pas le signe de l'inhabituel chez lui ? Et ces chaussettes, aujourd'hui hautes, jusqu'au-dessous du genou, foncées (souvenir de celles de ma mère…). La ques-

tion demeure : qu'est-ce qui m'attache à lui ? Pas seulement le plaisir, dépassé, si l'on peut dire (c'est là le drame). Simplement qu'il est lui, entré depuis presque un an dans ma vie, et trop peu, justement. Pourquoi est-ce que j'évite systématiquement d'écrire ici tous les signes qui pourraient prouver son attachement à moi, alors que ce sont eux que je me remémore inlassablement ? Ne pas écrire ici *toute* ma faiblesse ? Par exemple que je souhaite interpréter la question « Tu pars seule en vacances ? » comme une marque de jalousie.

Vendredi 30

Écrit dix lignes sur Gorbatchev pour *L'Huma-Dimanche*. En d'autres temps, je n'aurais sans doute pas accepté. Là, c'était comme rester en pensée avec S. De la même façon, ce matin — pour la première fois — j'étais pelotonnée dans les draps, revoyant son corps, son visage, dans ce même lit hier. Images d'une grande douceur. Il a une gentillesse (indifférence peut-être ?) naturelle.

Je le voyais, le *sentais* différemment des autres fois, éprouvant pour lui une tendresse détachée (le piège pour moi, cf. Philippe autrefois).

J'aime qu'il vienne sans cigarettes — exprès ? — et me demande s'il peut emporter le paquet. Moi : « Prends l'autre aussi. — Oui ? » Il empoche les deux sans autre problème de conscience. Gigolo au quart...

Juillet
Dimanche 2

Rêve ce matin, qui m'éveille. Se passe dans la cave d'Yvetot : une fille essaie d'avoir des rapports sexuels avec moi, que je refuse (est-ce la petite amie de David ? ou la mère de celle-ci, dont nous avons parlé hier ?). Plus tard, seule, dans ce même endroit, je me masturbe. C'est dans cette cave que, en juin 52, et à cet endroit précis, en face de la porte de séparation avec la pièce suivante, mon père a entraîné ma mère pour la tuer. Maintenant, trois hommes, aucune femme, savent cela. Je les ai aimés tous les trois. Cet aveu était le signe de mon amour.

Je vis une période d'accalmie, comme si, en juin, et mai en partie, j'étais allée jusqu'au fond du désespoir et que, par suite, je puisse, j'aie le droit, de revivre. Ou plutôt, de prendre mes distances avec cette vie vécue dans le noir et l'émotion, la vraie vie, mais atroce… Sortir du cerceau de papier. Je sais aussi que je vais retomber, dans quelques jours, ou semaines, quand S. partira pour Moscou. Mais le processus de stagnation de la douleur est enclenché, semble-t-il.

Je pense à 63, début juillet, blanc, après la rupture avec un mode de vie agité de deux mois, avant la dévastation que j'allais connaître en Italie. Cette fois, la dévastation est derrière moi, septembre 88, à Leningrad. Toujours comparer des états intérieurs, et non des situations matérielles.

Sans doute parce que je ne l'ai pas vu à la conférence de Gorbatchev à la Sorbonne, mon retour à Cergy a été noir. Entrant dans les Trois-Fontaines, juste devant le McDonald's, sentiment d'infinie désespérance, platitude de tout. Je ne *veux* plus souffrir de l'absence, souffrir du désir, de l'attente, et je m'efforce de ne penser à rien.

La tristesse, malgré cette attitude molle, défaitiste (« l'amour n'existe pas », « tout est imaginaire »), m'encercle parfois, comme ce soir. Je sens que je suis en train de peser le pour et le contre de ma passion précédente. La force qu'elle me donnait me semble à nouveau bénéfique. Prête, donc, à retomber dans mon attente, mon amour (quel autre mot ?). Mais retenue cependant, plus désenchantée par avance. Je voudrais oublier le visage, le plaisir, le corps de S. Qu'il soit à nouveau cet homme entrant chez Irène l'année dernière et auquel je n'avais pas pensé une seule fois pendant l'été.

Le vide, l'absence de désir de vivre, me happe. Le matin, en m'éveillant, je sais que je *vis* un deuil, celui d'une passion. Deux rêves, cette nuit. L'un, dont il ne me reste rien, où figurait Georges M. L'autre avait trait à une rencontre avec des gens gravitant dans les relations franco-russes. Il y avait Irène S. (vue mercredi à la conférence de Gorbatchev et hier soir à la télé), S. et sa femme. Souvenir de leur serrer la main. Puis on marche. Au groupe s'est jointe une jeune femme blonde, très grande, mince. Je crois être jalouse d'elle, surtout quand elle se couche, nue, dans une espèce de sac de couchage ou une boîte. Mais on voit qu'elle a un sexe d'homme. Androgyne, donc. Je n'ai rien à craindre d'elle. Difficile de décrypter, à moins que cette jeune femme ne soit un double de S. ? (Qui est grand, mince et blond, lisse comme une femme ?)

Tout m'est difficile, douloureux, je suis *hors*, incapable de dire la prochaine fois à S. : « Non, ne viens pas. » Et pourtant n'attendant rien d'un rendez-vous, sans doute le dernier avant son départ pour Moscou.

Samedi 8

Je ne sais pas ce que je vais commencer d'écrire, ni si même j'écrirai. De toute façon, une fois de plus, je l'aurai *payé* très cher. Nuit où le désir de mort était si fort, la souffrance morale si vive, que je comprenais le recours à n'importe quoi, tranquillisants, drogue. Heureusement, je n'avais sous la main qu'un malheureux Spasfon-Lyoc. La raison n'en est pas vraiment S. — la lucidité étant maintenant un peu plus acquise sur notre relation — mais la *nécessité absolue d'écrire*, que je distingue mal de la douleur de vivre apparue depuis la fin avril. C'est-à-dire que je suis dans le creux où fusionnent mort, écriture, sexe, voyant leur relation mais ne pouvant la surmonter. La dévider en *un livre.*

Et c'est toujours le même silence de l'été. Autrefois, c'était l'attente (qu'il arrive quelque chose, une rencontre évidemment). Maintenant, je sais que l'attente ne débouche jamais sur autre chose que la catastrophe (C.G. — Philippe, S.) et je ne peux compter que sur les mots pour remplir ce vide.

Dimanche 9

Cette souffrance — un peu mieux surmontée aujourd'hui — est due à la conjonction de deux faits : la nécessité d'écrire et la lucidité sur l'absence d'amour de S. Les deux sont liés. Il fallait que la *vérité* se fasse pour que j'écrive. Mais il n'y a pas plus de vérité qu'avant, simplement un changement de croyances. Je renonce seulement à la passion pour écrire. Mais le passage de l'un à l'autre est atroce, très ambigu aussi : j'attends tout de même un appel de S. avant son départ pour Moscou.

Mercredi 12

12 heures. Demain, deux semaines que j'ai vu S. et depuis, aucun signe. Peut-être est-ce ainsi qu'il faut vivre : prendre ses

appels et ses visites sans les attendre, baiser avec légèreté, et basta. Je ne sais pas vivre ainsi. Je ne saurai jamais, même s'il le faudrait de plus en plus (une femme après cinquante ans doit se contenter de cela ?). J'ai plein de temps, du temps à perte de vue, jusqu'en septembre, et je ne commence pas à écrire, sans doute parce que *commencer* signifie me perdre durant des mois.

Rêvé de ma mère, vivante, non démente. Elle apportait un matelas plié, qu'elle déplie. Puis d'un train, d'un voyage auprès d'un type cinglé. Je change de place.

Jeudi 13

Nuits et surtout réveils effroyables : ne pas désirer se réveiller, replonger dans le sommeil jusqu'à ce que la souffrance soit effacée, que le temps nécessaire — et donc une partie de ma vie — ait passé. Et ce désir contradictoire : arrêter de vieillir. Rêve de sexe, de désir inextinguible. Oui, bien sûr, cela aussi, surtout, avec S. Ce que j'attends désormais — et c'est le désir minimum, le plus modeste, humiliant, qui soit — le revoir une dernière fois, fût-ce une heure. Mais avec ceci cependant : que je ne désire plus le revoir en septembre, s'il revient. Car il faut que, *in fine,* je domine un peu.

Pensé, « lit de souffrance », en m'éveillant. Je suis inutile : qu'est-ce que je fais, qu'est-ce que j'apporte au monde, en ce moment ? Et de plus en plus la conscience d'un attachement fou pour quelqu'un d'arriviste, peu sensible, par-dessus tout orgueilleux. Mais je le savais *avant,* ces choses-là ne comptent pas.

Les fêtes du bicentenaire de la Révolution commencent, je ne suis invitée à rien et c'est justement le moment où j'aurais aimé m'étourdir dans la vanité. S'il n'appelle pas demain, autre « record ».

Un trèfle à quatre feuilles, dans une lettre pour lui — si nous nous revoyons. Ô mythe de midinette, toutes les recettes du bonheur impossible.

Vendredi 14

La pire horreur, la fête, la fête partout. Inlassablement la radio, la télé, les journaux évoquent le faste et ma douleur, ce matin, vers cinq heures, insoutenable. Je ne me suis pas rendormie. Je voyais ma passion et son indifférence. L'orgueil et le dégoût de moi à en mourir me secouaient de larmes. La nécessité absolue de la rupture — et l'impossibilité, qui suivra, de me souvenir ; toute la mémoire alors n'étant que souffrance — ce vide à assumer, cette négation des mois passés (et le désir met tant de temps à mourir…) me suppriment l'envie de vivre, de continuer à vivre plutôt. Je voyais, de plus, que mon intuition avait dû être juste : c'est à la mi-mai que « quelque chose » s'est passé (de même que quelque chose a eu lieu vers la fin novembre), le détachant définitivement de moi.

Les deux questions « comment ne plus souffrir ? » et « comment le rattacher ? » n'ont pas la même réponse, sauf peut-être en ceci : avoir l'occasion de lui dire que c'est fini. Il y a toujours en cette annonce un désir de reconquête...

15 heures. Il a appelé ce matin au plus noir de ma conscience : « Je te félicite avec la fête. » Joli. Il vient dans quelques minutes ou une heure. La vie, l'absurde vie, ces choses qui vont se dérouler encore. Quatorze juillet ! Révolution française contre révolution russe, en novembre dernier (il était venu, après la réception de l'ambassade). Il y a cinq ans, P., le même jour. Comme si les hommes étaient excités par la prise de la Bastille. Rire — et je vais le faire avec lui. Mais après, la perte, la douleur, le vide.

Samedi 15

Il est arrivé à quinze heures vingt-cinq, trente, et reparti vers vingt heures quinze. Cinq heures, un peu moins de désir que cet hiver (novembre) à son égard, mais je m'émerveille toujours de nos caresses, recommencées. Hier, il avait le temps, ce qui signifie plus de paroles. Le drame, une fatigue folle. Hier soir, dans le lit, je ressemblais à une pierre, incapable de bouger. Une imprégnation de lui qui m'empêche de vouloir quoi que ce soit et surtout d'écrire. Quinze jours que nous nous étions vus, la moyenne maintenant. C'est huit jours qui me conviendrait. Savoir que sa femme subvient à ses besoins… Ou une autre femme ? Que signifie sa phrase, « Les femmes sont difficiles (à avoir) » ? Qu'il essaie d'avoir, sans succès — ou qu'il a obtenu difficilement une autre femme ? Qu'en général il ne sait pas séduire facilement une femme ? Je croyais, avant notre liaison, à sa timidité (dans le train de Leningrad, face à une femme dont il devait partager le wagon-lit, initialement — devant une hippie lui demandant une cigarette rue de l'Arbat). Mais les timides réussissent aussi, la preuve… Encore que j'aie tout mené le soir de Leningrad. Ce matin, je suis comme en 63, après Saint-Hilaire-du-Touvet, cotonneuse, avec la forme de son corps dans mon corps. Il est évident que cette perte du sentiment de soi, comme dans l'alcool ou la drogue, est ce qu'il y a de plus désirable et de plus dangereux, du moins pour moi.

Bien entendu, les causes de mon attachement sont multiples, mais je vois sa douceur mêlée de rudesse, sa jeunesse qui me permet de le câliner et me rend mes vingt ans vécus dans la honte, alors que je vis maintenant dans la joie, sa nationalité soviétique.

Dimanche 16

Écrire pour lui. Mais ça ne marche pas mieux, du moins aujourd'hui. J'ai maintenant l'habitude de perdre mon temps sans effroi, ni culpabilité. Ce soir, troublée par cette coïncidence : à la télé, émission sur l'Église russe, une religieuse dit qu'elle a eu la révélation à Zagorsk, « c'était comme si j'étais tombée amoureuse ». Moi aussi, à Zagorsk, dans le musée des Icônes, mais ce n'était pas de Dieu.

Cela me reprend au réveil, le dégoût de vivre. Et, curieusement, d'autant plus fort que, pendant quelques jours, je n'ai pas eu le loisir de penser vraiment (Avignon, mardi et mercredi, atmosphère fiévreuse, plaisante). Les signes du désir et d'admiration d'un garçon de vingt ans, « tracteur » et public relations de Micheline V. me désespérant plus qu'autre chose, car c'est S. seulement que j'ai dans la tête et le corps.

Relisant le cahier de l'année dernière : ce n'était pas plus brillant, très vide. Cela ne console pas. Je commence à souffrir de l'absence de S. une semaine, six jours, après le dernier rendez-vous. À ce moment-là, je cesse de vouloir écrire pour lui, je veux écrire pour l'oublier, me détacher de lui, qui m'apparaît toujours sous le visage de Vronski.

La place, très loin de moi. Seul instant d'émotion, quand je pense que des gens sont ici, sur les bancs, écoutent l'histoire de mon père, le résumé et le sens de ce qu'il a vécu, obscurément — et, je crois, douloureusement. (Car il était dépressif, comme je le suis, comme ils l'étaient tous, du côté de sa mère à lui, la lignée Lebourg.) Oui, j'ai vengé quelque chose, vengé *ma race*...

Vendredi 21

Une semaine. Rêvé de vacances avec Danielle Lafon (qui m'a écrit hier) : je fais l'amour avec un type (gigolo ou pas, l'ai-je payé ?). Ensuite, j'ai affreusement peur d'avoir le sida. Puis S. est dans le rêve, mais je ne sais comment, flou.

Dimanche 23

Relu agenda 63, l'attente de Ph., à Rome. Saint-Hilaire-du-Touvet ne ressemble pas à Leningrad, pas tout à fait. Mais je revis les mêmes attentes, j'ai le même désir. Fugitivement, le moi d'hier, à Rome, était celui d'aujourd'hui, et les deux hommes une ombre unique, celle de S. plus longue et plus douce. Mon récit de la rencontre de S., de la nuit de Leningrad, aurait pu être fait par la fille de vingt-trois ans, à Rome. Aussi lyrique, aussi émerveillée qu'en 63. Cette similitude m'effraie : que vais-je devenir avec S. ? Je ne peux pas dire que *les hommes me perdent*, ce n'est que mon désir qui me perd, la soumission à (ou la quête de) quelque chose de terrible, que je ne comprends pas, né dans l'union avec un corps, et aussitôt disparu.

Mardi 25

Il appelle vers dix heures vingt, quand je ne m'y attendais plus. Si curieuse impression de banalité, alors que cette nuit, j'avais un tel désir de lui. J'ai rêvé de lui : « Que veux-tu faire ? — Je veux qu'on s'amuse », disait-il dans le rêve, et cela voulait dire faire l'amour. Je suis distante au téléphone, comme s'il m'était indifférent qu'il vienne ou qu'il ne vienne pas… Et pourtant je ne pense qu'à lui.

10 h 30. Pensée glaçante hier : si c'était la dernière fois aujourd'hui ? Toute la nuit, la question, « Qu'est-ce que le présent ? » Alors, j'étais, comme maintenant, tournée uniquement vers ces heures — peut-être les dernières — que nous allons passer ensemble. Et quand je vais les vivre, je sentirai l'incroyable perte à chaque moment, sauf en faisant l'amour.

Je sais aussi pourquoi je suis fortement liée à S., modèle d'homme qui ne me domine pas vraiment, à la fois lointain et doux, père (tel que fut le mien) et prince charmant blond. À Zagorsk, j'aurais dû y réfléchir par deux fois. Et si merveilleusement homme russe, accordé donc à la paysanne que je suis toujours au fond de moi.

9 h 25. Je le savais, mais tant que les choses ne sont pas *dites* (ou écrites : en littérature, sans détours, ni allusions), elles n'existent pas. Après, elles n'en finissent pas d'être. C'était une très belle soirée sur le plan du désir, de l'amour qu'on fait, sur fond de télé

(comme jadis, en 58, la chanson de Dalida, « Je pars… »). Il m'appelait par mon prénom, disait : « Moi aussi » quand je lui disais : « J'aime faire l'amour avec toi ». Il a fallu que le goût de savoir, c'est-à-dire celui de la destruction, survienne comme un vieux démon, je lui dis : « *Ya tebya lioubliou.* » [Je t'aime.] Il me répond en russe, je ne comprends pas, lui fais répéter : « Seulement Macha ? — Oui. » Alors je réponds : « C'est pourquoi je te quitterai. Mais tu n'auras pas de chagrin, parce que tu es fort. » Il répond encore : « Oui. » C'était le moment du départ. Ces paroles que d'autres ne viennent pas recouvrir — sauf « Je t'appellerai la semaine prochaine, tu es là ? » — me détruisent. En rafale, le dégrisement. Le voir comme un play-boy — ou gorby-boy ! — brutal (pas trop cependant) et jouisseur (pourquoi non). Me dire que j'ai perdu un an et de l'argent pour un homme qui, en partant, me demande s'il peut prendre le paquet de Marlboro ouvert, sur la table. On en vient toujours là, à vingt ans ou quarante-huit ans. Mais que faire sans homme, sans *vie* ?

Aujourd'hui, j'avais mis l'alliance de ma mère. Après, j'ai pensé qu'elle n'avait jamais peut-être connu cela, tout ce que ma main (droite, pour éviter toute allusion de mariage, vis-à-vis de S.) a fait dans l'amour. Maintenant, je songe à l'étrangeté de cet acte, tout à fait inconscient, issu d'un désir profond, instinctif, que je voyais juste comme un geste *porte-bonheur*, nullement profanateur. Il s'agit de tout autre chose que d'une profanation. L'anneau de ma mère morte participant à la cérémonie de l'amour qu'elle a toujours stigmatisé, tout en y pensant sans cesse.

Il est toujours préoccupé par l'âge des femmes, sans doute une façon d'exprimer ses interrogations face au mien, douze ans, presque treize, de plus que lui. Même si, au début, cela ne comptait pas.

Vendredi 28

Tout est de plus en plus dur à vivre. Me dire, cependant, cette aventure était belle, et je me dirai plus tard que j'avais bien de la chance de faire l'amour aussi bien avec un joli garçon russe. Pourquoi cela ne me rend-il pas heureuse ? L'amour-sentiment, en plus... Rêvé d'une pièce où il y a S. et d'autres gens. La factrice a un colis pour moi, que *personne* ne veut aller chercher, c'est à *moi seule* d'y aller : il s'agit d'un très beau stylo, vert et noir. Aucune ambiguïté sur le sens : seule l'écriture... Atroce. En même temps, sans doute, l'écriture comme moyen de me faire aimer — qui est pour moi cesser d'aimer.

La fin de la séance, hier, a ombré le bonheur de ce qui précédait. Par exemple, il me prend par les cheveux, de ses deux mains, comme s'il s'agissait de nattes, et les tire doucement pendant la fellation. On se regarde beaucoup. Dans la chambre, il paraissait ne plus fuir la glace, mais la rechercher.

Dimanche 30

Sombre dimanche, pluie. Nullité de l'esprit. Je me refuse à penser aux r.v. futurs, à S., en général, donc à l'analyse de ce que j'éprouve. Mais je ne peux pas non plus m'engager à fond dans d'autres réflexions, d'où le vide, l'insatisfaction.

Rêvé que j'essayais de monter dans un train avec une valise. Cela se passe aux USA. L'écart entre le quai et le marchepied est trop grand. J'arrive à monter dans le train suivant, avec un effort et une attention supplémentaires, en gardant la valise. Puis-je garder la valise — S. — et écrire ?

Août
Mercredi 2

Appel à dix heures quarante-cinq environ, quand je regarde Océaniques, des films russes de 1924-1928. Et il vient le 4 août, répétition extraordinaire de 1963. Dans mon inconscient, il y a identité de quelque chose, à vingt-six ans de distance : force de l'attente, du désir. La relative jeunesse de S. entre aussi pour une part importante. C'est la permanence de l'homme dans son triomphe viril et doux, si doux, peau, cheveux, m'embrassant comme j'étais embrassée à dix-huit ans, dans le petit sentier près du cimetière, par D., à Yvetot, me désirant comme les garçons de Sées, et mieux que certains étudiants jadis, mieux sans doute que Ph. en Italie.

Est-ce que je vis d'une manière différente parce que j'écris ? Oui, je pense, même au plus profond de la douleur. Mais pas toujours : c'est le drame.

Jeudi 3

Il n'y aura pas répétition. Il est venu le 3, cet après-midi, à seize heures quinze (jusqu'à dix heures du soir). Je suis épuisée physiquement, psychologiquement, indissociable. Hébétée de la façon folle dont on fait l'amour. Exceptionnellement, il est venu une semaine après notre dernier r.v. (Je note ces choses pour comparer avec ce qui précède et suivra, ce dont je ne suis jamais sûre.) Pour la première fois, j'ai envie de garder un string mouillé de lui sous mon oreiller. Il me dévorait le sein comme jamais, il se promenait nu sans honte, il m'a parlé de ma dernière lettre. Mais tout cela m'est encore, toujours obscur, ne prouve pas l'amour, improuvable, naturellement.

Vendredi 4

Nuit étrange, quasi mystique, où l'amour physique provoque en moi des effets inconnus, peut-être voisins de ceux que pourrait provoquer la drogue. Tout d'abord, mes bras et mes jambes, d'une terrible lourdeur, sont comme écrasés sous un camion ou des blocs de terre. Je ne dors pas du tout. Ensuite, dans un sommeil problématique, tout mon corps est enfoui, plaqué plutôt, contre la terre, le ciel, peu importe : le monde. Je suis unie à quelque chose de vaste, moi-même comme élargie, plane, lourde cependant, avec bonheur. Pas d'impression d'être aérienne ou de flotter. Une participation à la lourdeur de la nature, presque à son mouvement, qui est merveilleuse. Je me suis vraiment *réveillée* à sept heures trente, effroyablement moulue, sans pensée nette. Dramatique, évidemment.

Mardi 8

Le vide absolu de ces vacances me ramène à l'ennui de toutes celles de mon adolescence, enfantines même, à partir de 51 (1950 étant le dernier grand été de jeux). Il s'agissait d'user le temps, de tromper l'ennui par toutes sortes d'activités sans réelle importance, dont la lecture. Plus tard, l'*écriture d'été* aura cette fonction de remplissage du temps mort.

Au réveil, d'abord souvenir d'être dans un autocar, une fois de plus un transport en commun, puis d'être devenue russe. La conscience revenant, la phrase de Nizan claque : « Je vous dis que les hommes s'ennuient ! » Je songe à la fébrilité de ma mère, à son désir de travail continuel, à mon propre besoin de *faire*, mais rien que des choses utiles, et surtout utiles au monde. Écriture politique, action sociale, d'où me vient cette volonté d'engagement (et même dans l'amour, je m'engage à mort), de nécessité de la *praxis*, de donner aux autres.

Mercredi 9

J'ai rêvé en russe, je prononçais des phrases russes, je pensais en russe. Quoi, je ne me souviens plus. Puis de Mlle Ouin, prof d'histoire de la cinquième à la troisième, au pensionnat Saint-Michel. J'ai un problème de chaussures, je finis par les retrouver (métaphore de « rentrer à nouveau dans ses pompes » ?).

Hier, j'ai déchiré les lettres envoyées à P., qu'il m'avait redonnées. Stupeur de m'apercevoir que j'écrivais de telles phrases alors qu'au même moment, j'étais dans l'écriture de *Une femme*. Je sais que ces lettres étaient purement conventionnelles, mais il n'y a en elles aucun signe objectif qui permette d'en décider.

Mon beau-père est mort, on l'incinère ce matin et je n'y serai pas. J'ai choisi de rester ici à cause de S., venu hier. Que dire, sinon la douleur, certitude maintenant, de son départ dans quelques semaines. Elle va s'arrêter, la belle histoire, la folie, la tendresse, tout va devenir blanc comme le temps quand il ne se passe rien. Sur l'écran, l'après-midi, *Dorothée, Les rues de San Francisco, La cause est entendue,* ou quelque chose comme cela, *Le journal de la Révolution,* toujours les mêmes émissions, et nous faisons l'amour, nous mangeons, la sueur, les bouches liées, inséparables, pendant les caresses. Oui, quelle belle histoire. Hier, les limites du plaisir reculaient encore pour moi. Pour lui, il y a peut-être un côté performance. Cela ne veut rien dire, seul compte le désir.

Je n'ai pas changé : cette nuit, je me sentais comme après Saint-Hilaire-du-Touvet, la même phrase m'est venue, « cette fatigue qui est un peu lui », qui va disparaître.

Il est parti à dix heures trente, encore plus tard que la dernière fois. Peur qu'*elle* s'en rende compte.

Il fait gris. J'aurai toujours vingt-deux ans dans la tête, le cœur. Le drame, bien sûr. Car je ne peux, comme autrefois, « attendre son retour » (souvenir de cette chanson, « Le guardian de Camargue », où il y avait cette phrase, « belles filles, attendez son retour... » et je me passais le vieux 78 tours — c'était en 56, pour G. de V. Plus tard, en 58, les Platters, pour C.G. — en 63, je m'émouvais à entendre « J'ai la mémoire qui flanche/ Je m'souviens plus très bien », et « La javanaise »). Dans quatre ans, j'aurai davantage de rides, je serai ménopausée, lui, à quarante ans, sera dans la force de l'âge.

« Tu m'as apporté beaucoup, beaucoup », dit-il. Je devine à peu près : il s'agit de l'éro-tisme, du corps. Cela est pour moi aussi important que toute autre influence, sinon plus.

Hier, découvrir ce slip sans forme, russe de toute évidence, me rappelant les années soixante, bleu avec une bande blanche. Peut-être pour donner le change à sa femme... Ou bien parce qu'il s'en fout — mais généralement pas — de ces détails intimes. Et toujours ses chaussettes, qu'il garde. Jamais je n'aurai dit un seul mot qui puisse le blesser. Quand cela m'est arrivé par mégarde, je me rattrapais, je m'en voulais. De toute façon, pas plus d'une ou deux fois, pas plus. Mère et pute pour lui.

Jeudi 17

Il est venu trois jeudis de suite et il ne viendra pas ce jeudi, ni sans doute cette semaine. Je replonge dans la douleur multi-directionnelle. Le désir de le voir, si intense. La perspective du peu de temps qui reste. L'imagination de ce que seront les jours suivant le *jamais plus* du départ. Rêves, dans un sommeil approximatif. De ma mère, vaguement, elle est folle et elle cherche à se sauver. Elle m'a donné un portefeuille de photos « inédites », c'est-à-dire ne correspondant pas à la réalité, photo de Geneviève chez moi, à Yvetot, par exemple. Rêve d'orage dans une maison, où il y a Lydie, la femme de Philippe. Rêves sexuels : je suis à Lille, devenue repaire de délinquants, casseurs, etc. Chicago, en vérité. Avec des filles très jeunes, je cours, franchis des dunes, des terrains vagues, me couchant sur le sol pour échapper aux bandes, invisibles en fait. On arrive dans une maison, sous un porche. Il y a un garçon, qui déshabille une poupée, assez grande, il s'approche de la fille qui m'accompagnait, assez insignifiante. Il la pénètre et jouit aussitôt, comme dans un gros plan de film X. Je vois le sperme couler sur la vulve. Je suis étonnée que cette fille « sage » se soit ainsi laissé *surprendre* (c'est le terme qui me vient alors), sans manifester de honte ou de chagrin. Qui est-elle ? Le *moi* ancien, celle que je n'ai pas été, que je voudrais avoir été et qui ne s'est réalisée que tardivement ?

Agacement de voir Eric toujours à surveiller les coups de téléphone que je ne reçois pas. Ma mère, mon mari, mes fils… Et quand Eric partira, en octobre, je sais que S.

sera parti lui aussi, ma solitude ici ne me sera plus utile.

Avant-hier soir, en me couchant : si S. est venu souvent ces derniers temps, ce n'est pas à cause de son départ, mais parce qu'une « autre maîtresse » était en vacances. Pensée aussitôt glaçante, qui remet tout en cause. Elle ne réussit pas, cependant, à devenir certitude, comme d'autres, parfois.

Essayer de me souvenir de ses mimiques, ses expressions :

sourire à lèvres fermées, faux sourire plutôt, quand il manifeste un désir à mon égard

sa façon de secouer la tête en disant : « Ah ! non ! »

son visage si doux, si enfantin, ses lèvres déjà entrouvertes quand il va m'embrasser, tard dans la soirée, au moment où nous atteignons déjà la grande fatigue, l'exaspération du désir

son « écoute ! » indigné... (à propos des criminels visités par des popes pour les « racheter » — il n'y croit pas, vieux manichéisme).

Vendredi 18

Silence, huit jours, dur après ces trois dernières semaines. Est-il chez André S. ? A-t-il
des « obligations » ? J'enregistre tout mon
journal sur magnétophone : à quel moment
rejoindrai-je le présent, ces lignes écrites
dans l'enfermement de la passion ? Cela ne
suffit pas à raccourcir le temps de l'attente/
désir. Pire même que l'état de rêve lié à
l'inaction.

Regardé sans décodeur un film X à
Canal +, pour la première fois. Surprise au
début de voir (très bien, surtout quand la
caméra est proche) ces sexes en gros plan.
Peu excitant, très mécanique, et comme je
n'ai pas les paroles, c'est moins érotique
qu'un livre. Pas vu en entier. Cependant, ce
matin, les images me poursuivent, elles sont
un *mode d'emploi* parfaitement clair. Voir faire
est beaucoup plus performatif qu'imaginer
faire à partir des mots. L'image la plus trou-
blante demeurant toujours celle où l'homme

éjacule sur le ventre de la femme, « je ferai couler sur elle la paix, le sperme, comme un fleuve » (la Bible).

Samedi 19

Ma peur, affreuse : qu'il m'appelle en disant, « je pars pour Moscou », ou « on ne va pas pouvoir se revoir ». Ou, plus tard, pendant que je serai à Florence. Cette éventualité me gâchera sûrement mon séjour.

Lundi 21

Peur plus grande encore, qu'il soit déjà parti. Sans prévenir, naturellement. Émission, hier soir, sur le KGB. Sous mes pas s'ouvre l'énormité du gouffre de l'inconnu : la petite pièce que j'ai dû être dans son existence ! L'incertitude demeure au sujet de ses activités d'informateur, ou non. Avoir été la maîtresse d'un agent du KGB, on ne peut rêver plus romanesque, mais cette dimension n'a eu aucune réalité pour moi, dans les mois passés. À tort peut-être. Et si mes lettres étaient conservées comme éléments toujours bons à prendre, au moins comme éléments « indécents », pourriture occidentale…

Mardi 22

Rêves matinaux qui ont le mérite de calmer mon angoisse de S. : je me laisse faire la cour par Mitterrand, avec pas mal de dégoût et de soumission. On prend le métro ensemble, impossible de monter — trop de monde — dans deux rames, la troisième n'arrive pas. Il faut déjeuner à la table d'un snack, sur le quai. Mitterrand est alors reconnu. Autre rêve : P. me rapporte de Hongrie une belle robe blanche à broderies rouges, typique.

Mercredi 23

Cette fois, rêve qui, au réveil, est proche de me faire pleurer. Cela se passe en bas, je suis sur les genoux de S. et je lui écris une lettre en russe, en essayant les tournures que je connais bien. Je me trompe parfois, corrigeant, ainsi j'écris « t » au lieu de « m ». Comme c'est clair dans mon rêve ! Le contenu ? Que je l'aime, et que lui ne pense qu'à son travail, *rabotal*... Je me retourne, comme son visage est doux, identique à la réalité. Nous commençons à faire l'amour sur le fauteuil.

Journée grise, affreuse. Demain, deux semaines, et il ne reste presque plus de temps. Où est-il ? Me revoici dans l'horreur de juin, ou pire, celle de mai. Je n'exclus pas l'hypothèse qu'il soit reparti sans me prévenir en URSS. Sans me prévenir pour éviter les adieux, malgré ses promesses. Je suis comme folle à cette idée, folle de douleur. S'il n'appelle pas d'ici samedi, cette solution devra être envisagée.

Jeudi 24

Encore une fois, j'avais supposé le pire. Onze heures quarante, hier, il appelle quand j'étais en train de lire *Le Monde* au soleil. Qu'est-ce que le présent ? Toute la soirée, la nuit, à me le demander. Ce présent-là, maintenant, est tout entier présent/futur. Ce soir, il sera présent/passé, l'horreur. De penser à ce dernier donne à celui que je vis maintenant, là, toute son intensité. M'empêchant aussi de chercher à savoir ce que signifient pour lui ces après-midi où l'on fait l'amour. Peut-être rien d'autre que cela, justement, faire l'amour.

J'aurais aimé noter les détails pensés, prévus, de chacune de nos rencontres : 1) la robe que je portais — 2) les choses que je préparais à manger — 3) le lieu (prévu lui aussi) où je me trouvais quand il arrivait. Mises en scène qui embellissent tant, élevant la vie à la mesure de la littérature *romanesque*. Encore faut-il pouvoir se permettre ce luxe.

Il est trois heures dix, une heure encore.

Soir, 10 h 30. Le présent, voilà, mou, indistinct : la rencontre est terminée. Il était à Rome, Florence ! Et Avignon au retour. Qu'en conclure ? Pur hasard, ou bien désir de connaître ce que je connais aussi ? Je ne peux le savoir. Il part en octobre. Il désire me retrouver dans deux ou trois ans. Même « dans dix, vingt, trente ans. La première personne que j'appellerai, c'est toi ».

Mercredi 30

Il fait gris et froid. Le beau temps s'est arrêté vendredi dernier. J'achète des choses pour l'hiver, pour une époque où il ne sera plus là. Le départ est commencé. Et en même temps, puisque je pars pour l'Italie, comme l'an dernier, aux mêmes dates, qu'il règne ici la même atmosphère avec les garçons, Eric travaillant, David recevant ses copains, que rien n'a eu lieu encore, impression que je vais de nouveau partir pour Moscou, que le cycle d'une année va reprendre. Cette pensée de l'éternel recommencement.

Beau temps malgré tout, hier, mais il n'a pas appelé comme la semaine dernière ; lorsque je bronzais dans le jardin. Mauvais présage, il ne viendra pas cette semaine et il reste deux jours avant mon départ, la semaine prochaine. Me faire à cette idée que, peut-être, je vais partir en Italie sans l'avoir revu. Ce matin, « Le petit bal perdu », cette chanson me ravage de larmes, non à cause des souvenirs de l'année où Bourvil la chantait, mon année de propédeutique, mes vingt ans, mais de la perte imminente de S. En 58, j'ai attendu absurdement C.G. J'espérais — et c'était vrai — que je deviendrais plus « belle », plus cultivée, assurée, avec un an, voire deux ou trois de plus. Maintenant, je ne peux que devenir plus flétrie, molle. La seule chose que je puisse espérer, écrire des livres plus « beaux », avoir plus de « gloire ». Vu de ce jour, cela n'a aucun miroitement.

Hier, copains de David, bridge, etc. Cela me rappelait octobre, un soir où je n'avais pas eu le coup de fil attendu, et c'était pire que maintenant. Peut-être n'aurais-je pas éprouvé longtemps cette passion si elle n'avait été douleur et incertitude continuellement. Et toujours, fugacement, l'image du play-boy coureur, qu'il est peut-être sous son allure maladroite, en dépit des autres signes. Mais la vérité en ce domaine n'importe plus. Il reste trop peu de temps.

17 heures. Pluie. Le pire, ce désir de l'odeur d'un homme, odeur de champignon d'automne, humide et forte. Savoir aussitôt qu'elle me sera enlevée à tout jamais dans quelques semaines. Avec tout ce qui s'est ouvert à moi, la Russie, le *souvenir imaginaire* de son enfance et de sa jeunesse à lui.

Septembre
Vendredi 1ᵉʳ

Soleil et vent, le bel été 89 est-il en train de mourir. Et si je dis *bel été*, je pense qu'il restera ainsi dans ma mémoire, en dépit de l'absolue inactivité qui a été la mienne, de l'absence de projet autre que le désir de S.

Anniversaire — quarante-neuf ans — cela « brûle » la cinquantaine, la décennie effrayante. Désirs simples et difficiles pour cette année, écrire un livre, la « somme » — ou autre chose — bien que je ne souhaite plus reculer devant la nécessité de ce projet, dont la structure n'a pas été encore déterminée. Vivre sur un mode encore plus passionnel la fin de la belle histoire soviétique, mais aussi recevoir des appels réguliers de Moscou après son départ, pas de vide atroce en octobre-novembre, comme autrefois en 58.

Il a appelé aujourd'hui, vers onze heures quarante. Une sorte de signe propitiatoire, en dépit des obstacles, des distances de toute nature, l'âge, la nationalité, et le pire, l'espace.

Lundi 4

Ce soir, peu importent mes quarante-neuf ans. Rien n'importe. Il y a eu ce profond attachement, *cela*, sans mots véritables de tendresse, et pourtant, il n'y avait que de la tendresse, et de l'érotisme évidemment. Mais jamais, avec lui, il n'y eut séparation des deux. Je suis absolument épuisée. Partir pour l'Italie… Comme après Saint-Hilaire-du-Touvet en 63. L'éternel retour ? Une question que, là, ce soir, je n'ai même pas envie de poser : une belle histoire, de toute façon.

Mardi 5

Je lui ai offert le journal de sa naissance. Comme ces attentions le rendent heureux, et d'une infinie tendresse. Est-ce que le cercle se referme ? C'était comme en octobre, novembre. « Tu es magnifique », a-t-il dit. Il y a eu, comme alors, les caresses réciproques avec les lèvres. Nous avons un accord profond. J'aime les positions de soumission où il me domine complètement, me voit de dos et je ne le vois pas, idem la fellation. Tant de peine, encore, à rassembler le souvenir de son visage — et je le perdrai. Cette nuit, certitude de devoir écrire sur l'« histoire d'une femme » dans le temps et l'Histoire.

« Depuis quand, les restrictions et difficultés en URSS ? — Depuis Gorbatchev. » Cinglant. Qu'en conclure ?

Je crois qu'il aime maintenant ma haute taille, ma minceur. Cette façon de me caresser le ventre, si tendre. Ses longs baisers après qu'il a joui dans ma bouche (la dernière fois, en décembre, je crois). Je ne sais pas, en revivant tout cela, *comment* nous allons nous séparer. « Comme le cœur qui se déchire au début de l'absence… », ces vers d'Aragon, à propos de la révolution russe, justement, me hantaient déjà la semaine dernière.

Après un an bientôt, de nouvelles façons de nous embrasser, encore, une invention perpétuelle de nos désirs.

Florence. Pourquoi ai-je voulu revenir à Florence ? Je ne m'en souviens plus. Cette ville ne vaut pas Venise et je n'y ai pas les souvenirs de Rome. Son seul mérite est qu'elle me ramène à 82, à ce voyage initiatique, dans lequel j'ai perdu mon mari après dix-huit ans de vie commune, et gagné mon désir d'être libre. Mais tout est différent. Je suis obsédée par un homme qui va partir de France et auquel me lient des souvenirs de passion. Cette nuit encore, dans le train, me repasser sans cesse les scènes de lundi, et celles que je prépare.

L'hôtel est au bord de l'Arno, atrocement bruyant, et s'il fallait rappeler un état d'âme, ce serait celui de 63, à Rome : « Qu'est-ce que je fais là ? »

Ce matin, revu les Offices, *Le Printemps* de Botticelli. Église San Lorenzo, sans intérêt, l'abbaye Badia, où Dante rencontra Béatrice, paraît-il. Le musée Bargello, édifice superbe. La cour intérieure est la plus grande satisfaction du corps et de l'esprit. Et toujours cette sculpture sensuelle, impudique, forte, qui est hymne à la vie. Je ne comprends pas l'art russe, trop spirituel. Un chocolat au café Rivoire, des Italiennes chics, puis un groupe de Japonais (ils m'agacent toujours autant). Je vais, par le Ponte Vecchio, à l'église San Spirito, fermée. Déréliction sur la place San Spirito. Un baba cool s'assoit sur la margelle de la fontaine à côté de moi : la même désespérance qu'en 63, oh ! qu'on me foute la paix, à quarante-neuf ans… Mais je ne les parais pas. L'impression que cette semaine sera longue, très longue.

Après-midi. Santa Croce, dont je ne me rappelais rien, sauf la chapelle des Pazzi et le Christ de Cimabue. Belles fresques de Giotto. Des gens lisent le guide tout haut, à l'usage de leur famille. À quoi cela sert-il ? Je *vérifie* tout ce que j'ai appris, je ne jouis pas vraiment, mais, comment dire, l'ensemble est beau, rassurant, l'éternité ou presque, et l'humanité. Forme stylisée, émouvante, des tumulaires (tumulanes) de Santa Croce.

Vendredi 8

Ce matin, je tombe sur une messe pleine de chants et de cierges à Santissima Annunziata. Je me souviens alors qu'on est le 8 septembre, la nativité de la Vierge. Autrefois, j'allais à la messe et je communiais. Souvenir de 53 : une messe matinale, le temps était merveilleusement chaud, avec Colette, ma cousine, nous avions, l'après-midi, notre r.v. avec Michel Salentey, qui avait treize ans de plus que moi, et pourtant, mon premier amour passionné, partagé sans honte avec Colette — maintenant, S. a treize ans de moins. J'ai l'impression qu'en 1953 je devinais déjà tout, la passion, l'Homme. L'homme, oui, c'était encore cela qui m'éblouissait à la galerie d'Art, devant le *David* de Michel-Ange, ce corps sublime, dans sa pose oblique, très légèrement. Mains admirables, trop fortes, manifestant la force pure de David. Chaque muscle, chaque attache, cet endroit précis où saille à peine la hanche, tout pour moi chantait le corps de l'homme, divinisé par le génial sculpteur. Des femmes disent : le corps de l'homme est laid. Je ne les comprends pas.

Tapisseries sur le thème de la création du monde, la faute d'Ève, le péché, mais sans péché au fond, très naturel. Peintures du Quattrocento, crucifixions, où le sang jaillit en geyser régulier. Baroque de ces scènes. Plus tard, le couvent de San Marco et Fra Angelico, déjà vu en 82. Cloître délicieux, dans lequel je reste jusqu'à deux heures. Le Dôme, écrasant et écrasé dans cette place étouffante. L'intérieur est décevant, j'avais oublié. Sandwiches et tamarindo piazza della Repubblica, chez Donnini. Église de la Trinità, sombre. Orsammichele, encore plus noire, bizarre.

Le temps s'est assombri, rafraîchi. Je décide de voir enfin le cloître de la Badia et, pour la troisième fois, en franchis le seuil. Lorsque j'arrive, par un petit escalier noir, sur la loggia, plusieurs personnes sont à regarder les fresques étonnantes : il y a un repas, un torchon accroché sur un fil, un chien atroce sur une espèce de caisse. Puis je suis seule. Silence. Un arbre immense au milieu du cloître. Y sera-t-il quand je reviendrai un jour ? Instant tremblant, merveilleux, la solitude la plus heureuse et la plus pleine qui soit. Je me prends à espérer que mes vœux émis dans ce lieu se réaliseront tous. Quand j'entre à l'intérieur de l'église, je suis étonnée d'y trouver cinq ou six personnes. Elles ne savent donc pas qu'il y a un cloître à voir ? Ma solitude précédente m'apparaît alors étrange, exceptionnelle, une chance spéciale.

Ce soir, il a plu. Je vois les pavés luisants depuis la fenêtre.

Samedi 9

Journée presque froide, alternance de soleil et de vent. Pas de révélations particulières, même une sorte de tristesse vague. Les week-ends en Italie me démoralisent toujours. Casa Buonarroti, le matin, faible intérêt, joli marché Ambrogio, église du même nom, puis marché des antiquaires, hors de prix. Qu'acheter ici, je n'ai plus la fièvre d'achats d'autrefois, d'il y a sept ans surtout. Santa Maria Novella, au terme d'une marche éprouvante sur une place pleine de voitures, est fermée. Je bois un cappuccino place de la République — presque frissonnante. Place du Dôme et musée du Dôme. La *Pietà* de Michel-Ange, dans laquelle la mort de l'artiste est évidente. Beaux « panneaux » (du XIVe ?) retraçant la conquête de l'idéal de l'humanité. Scène dégoûtante de la création d'Ève, sortant du côté d'Adam, à mi-corps. Plus tard, le palais Médicis, inutile. Enfin, Santa Maria Novella, ouverte, très somptueuse intérieurement, comme j'aime les églises (le Duomo est une boîte à bijoux vide). Une *Trinité* de Masaccio, dans laquelle j'ai cherché en vain le Saint-Esprit. J'oubliais, ce matin, la chapelle des Médicis, avec de très beaux groupes de Michel-Ange, sur des tombeaux : le Jour, au visage flou, et la Nuit — l'Aurore et le Crépuscule. Cette fois, j'aurai vraiment découvert la force et le génie de Michel-Ange.

Ce soir, je regrette d'avoir prévu tant de jours à Florence. Chambre minuscule, voisins atroces (une femme à la voix terrible, pire que celle de ma mère, au moins discrète à l'extérieur). Même hésitation d'aller manger seule au restaurant qu'autrefois de descendre, seule, au restau U, le soir…

Dimanche 10

Dimanche doré, provincial, à Florence, plus agréable, *objectivement*, que les autres jours. Mais je crois que ma période italienne — à l'exception de Venise — s'achève : 82-89. Sept ans. La mélancolie éprouvée à Rome en 63, le 14 juillet, je crois, me revient. Il n'y aura qu'une semaine demain que j'ai vu S., qu'il murmurait « tu es magnifique ». Plus que les autres fois, c'est très loin. Imaginer donc ce qu'il ressentira hors de France. En deux jours de voyage — ce train de Paris à Moscou — je m'effacerai lentement, comme ces fresques des murs d'une chapelle de Santa Maria Novella, représentant la terre et le ciel.

La tristesse que me procure toujours le bruit des voitures passant dans les rues des villes. Il est trois heures. Je suis rentrée, tout en sachant bien que je serais assez malheureuse, fidèlement malheureuse : un hôtel à l'étranger, l'après-midi, la solitude…

Ce matin, église San Spirito, il y a une messe. La place est préservée des touristes, marché. San Felice, sombre et minuscule. Le Pitti, la galerie Palatine et celle d'Art moderne, quasi nullissimes (peintures figées du XIXe). Enfin, les jardins Boboli, l'allée de cyprès, le Kaffeehaus plein d'Allemands, qui doivent y venir à cause du nom — un couple lourdingue s'installe à ma table : femme seule, donc… L'amphithéâtre, la grotte de Buontalenti, avec le nain énorme, que S. m'a dit avoir photographié. Penser qu'il est passé là, comme aux Offices, au palais Pitti, au Dôme, il y a trois semaines seulement. Ces jardins ont été très durs, il faut une grande force pour se promener seule dans Boboli, où tout invite à l'amour. Souvenir du parc de Sceaux, en octobre dernier, et les jardins du palais d'été, à Leningrad. Parfois j'ai la certitude — vraiment, sur quoi la fonder, mais aussi pourquoi ne pas le faire, en cherchant bien — que, pour mon bonheur ou mon malheur, je reverrai S., nous ne nous quitterons jamais vraiment.

Lundi 11

Pluie. Découragement. Rêves, rêves, faire l'amour avec S.

Hier soir, je décide de chercher pourquoi l'odeur de la crème Liérac pour le corps a déclenché une répulsion la première fois que je m'en suis mis, « odeur d'hôpital », ai-je pensé. Après recherches, éliminant une odeur liée à ma mère — ce que j'avais cru tout d'abord — ça y est : la crème que je m'étalais sur le ventre pendant ma grossesse (laquelle ? Eric ? David ?) contre les vergetures. Trouble. Quelle grossesse, ou les deux, était refusée, mal vécue ? J'ai pourtant toujours cru être heureuse alors. Mais peut-être s'agissait-il d'un souvenir lié à une dégradation physique, ce ventre distendu — et n'allant pas plus loin que cela. Très fort, tout de même, étant donné ma répulsion immédiate, renouvelée à chaque application. La mémoire affective ne *ment* pas. Voire ? Comment pourrait-elle mentir ? Maintenant que je *sais*, cette odeur ne m'indispose plus. La connaissance libère toujours.

13 h 30. Ce matin, je manque de m'évanouir à la poste. Il fait moite, la queue, sensation épouvantable, « vais-je tenir jusqu'à mon tour, ou tomber devant le guichet ». Ensuite, je m'assois dans la salle des télégrammes, me remets un peu. Que se passe-t-il, les règles qui doivent venir aujourd'hui, la faim ? J'avais beaucoup mangé au petit déjeuner, mais rien depuis hier midi alors que je marche beaucoup. Faiblesse (globules rouges ? tension ?). Je suis allée dans cet état aux Ognissanti (le manteau de saint François n'est pas assez loqueteux), au musée Marino Marini (qui est-ce ?), salon de thé près du Dôme. Temps pluvieux, lourd. Peur de mourir là, à Florence, peur de ne jamais revoir S., reparti brusquement à Moscou.

J'ai lu hier jusqu'à une heure du matin, d'une traite, *Le livre brisé* de Serge Doubrovsky. Me poursuit en dépit de ce que je lui

reprochais tout d'abord, jeux de mots laca-
niens, etc.

Soir. Il y a une semaine… Cet après-midi,
dans les rues de l'Oltrarno, je m'imaginais
des retrouvailles à l'aéroport de Moscou. Si
fortement, que le contraire — l'impossibilité
d'un tel retour — était inouï. Je suis entrée à
San Felicita (est-ce un signe ?), les larmes
aux yeux, habitée. Je pensais qu'à tout
jamais la passion aurait pour moi le mouvement de Michèle Morgan et de Gérard Phi-
lipe courant l'un vers l'autre dans la dernière scène des *Orgueilleux* (la musique,
inoubliée, 1955).

Saisissante rue, silencieuse, mystérieuse,
près de San Carmine (chapelle Brancusi en
restauration), avec la maison où est né Lippi.
San Freddiano di Castello, rien à en dire.
Palais Strozzi, fermé. Église de Dante, très
reposoir, vénération, puis maison, sur trois
étages, étroite (deux pièces par étage).

Je ne peux pas aimer Florence quand il y
fait le temps de Rouen ou de Copenhague.

Mardi 12

Matin. Restaurant, hier, le même que samedi : « Sola ? » *Sola*, comme à Rome en 63, choisi d'être *sola*. Des phrases (déchirées) de mon premier roman, en 62, me revenaient : « Elle descendit la rue Beauvoisine… Elle… Elle… » La voix *off* dans la tête, « elle », je suis un personnage de roman, depuis le début. Je lis *Vie et destin* de Grossman. Après la pesanteur initiale, 800 pages à me faire, je commence à être prise par ce grouillement d'humanité, cette perspicacité. Et je pense, « ce que j'ai vécu avec S. est aussi beau qu'un livre russe ».

Inverse de 82 : ce voyage de Florence, en 89, ne me sépare pas de quelqu'un, mais m'y attache profondément, en dépit de toute *raison*.

Midi. Musée Bardini. Parce que celui-ci ne figure pas dans le guide, je regarde les œuvres avec moins d'attention. Cela, la culture venue du dehors, comme la mienne, en peinture. Pourtant, beaucoup de Vierges magnifiques, un Christ monumental du XVe.

Ensuite, marché, quartiers populaires vers San Ambrogio. C'est toujours là que je suis chez moi.

Soir. Bel après-midi. Montée à la piazza San Michelangelo, soleil radieux. San Salvatore, San Miniato, la plus belle église de Florence, pour moi. Animaux fantastiques sur la chaire. Ensuite, plus désagréable, la montée via Galileo, trop longue, jusqu'à la rue San Leonardo, qui descend entre des maisons anciennes, où des comtesses disent dans le mur qu'elles ont vécu là. Un Italien, jeune, en voiture rapide, toujours le même don Juan à toutes mains, me drague. *Non capito.*

La vue depuis le Belvédère est aussi belle que celle de Michelangelo. Je repère toutes les églises, Santa Maria Novella, etc. Descente dans les jardins Boboli, jusqu'à l'île que je n'avais pas encore vue. Les couleurs, ce soir, étaient les vraies, les florentines, celles des peintures. Quand j'ai ouvert la porte de ma chambre, j'ai cru avoir laissé l'électricité allumée. C'était le soleil couchant.

Avant le dîner dans une trattoria « floren-tine » (nulle, en fait), j'ai revu la façade de Santa Croce, la place maintenant vide. Je pensais, « mon dernier soir à Florence ». Partout, S. m'a accompagnée. C'est un *voyage de rêve*, avant que ne commence le cau-chemar de la séparation réelle. Un jour, peut-être, je me représenterai cette chambre avec vue sur l'Arno comme un souvenir de bonheur.

Mercredi 13

À nouveau un temps gris.

À quatre heures, réveil brutal. D'un seul coup, je *revis*, avec la même force que, par-fois, lorsque j'écris, l'arrivée de S. chez moi, l'après-midi. Mon attente dans le bureau, souvent. D'un seul coup, les graviers crissent violemment, le coup de frein, la portière claque, des pas sur le gravier, puis sur le béton des marches de l'entrée ; la porte s'ouvre doucement, se referme, le verrou. Ses pas dans le couloir. Il était là. Car je vis, revis, cela au passé d'un seul coup. Je le revis comme je le vivrai en souvenir. Je pleure en écrivant cela, torturée par la peur qu'il soit déjà parti.

Jeudi 14

Hier, journée de départ assez jolie et douce. Le matin, *La Cène*, réaliste, lourde, au couvent San Apolline — le Scalzo, ces fresques monocolores, terribles (*Salomé* — *Le repas d'Hérode*). Je suis seule. Une petite vieille m'a ouvert par interphone. Je lis *Le Monde*, toujours au Donnati, repars vers Santa Croce. Par hasard, celui des rues ou de l'inconscient, je retrouve le merveilleux glacier de 82, via della Stinche. Je mange ma glace sur la place de Santa Croce, si belle maintenant sans le parking affreux, où, avec David, on essayait d'échapper au collecteur de fric horaire, par jeu. J'entre une dernière fois dans l'église, pour revoir les fresques. En sortant, une inscription, parmi des centaines, m'arrête : « *Voglio vivere una favola.* » Je ne sais pas ce que signifie ce dernier mot, aventure ? passion ? Le hasard objectif a encore ébloui mon chemin. Cette phrase, je sais qu'elle m'est destinée, là, à cette heure. Plus tard encore, après l'achat agaçant d'un sac, je trouve Santi Apostoli, inaperçue le matin. Dernier signe heureux du voyage en Italie.

Dans la rue des Santi Apostoli, odeur forte du crottin, lavé régulièrement par les machines. Une grosse femme est assise sur le trottoir, on voit sa culotte très propre et blanche, soulignant une vulve proéminente. Depuis que ma mère est morte, je ne détourne plus les yeux de telles scènes avec gêne.

J'écris tout ceci et je pense qu'il est bientôt neuf heures, qu'il avait dit, « je t'appellerai le jeudi soir ».

Samedi 16

Et s'il était parti ? Depuis mon retour, le silence. Horreur absolue de toute activité, attente, cœur serré, sans pleurs. Si, au lieu du 15 octobre, « on » avait décidé le 15 septembre. Ou si même il savait déjà que ce serait le 15 septembre. Ces deux appels téléphoniques bizarres, de mercredi, selon Eric, le 13 donc… J'ai mal au ventre d'horreur.

Peut-être est-il *seulement* en Espagne, ou chez André S. Mais quand reviendra-t-il ? Ou, simplement, attend-il pour m'appeler de savoir quel jour il pourra venir chez moi. Comme cette hypothèse serait satisfaisante, en dépit de sa cruauté à mon égard. Et la pluie, la pluie, je n'ai plus le soleil pour oublier, léthargiser l'après-midi dans le jardin.

Soir. J'ai reçu une invitation pour le cinéma soviétique fin septembre, mais cela ne prouve rien. Je ne suis pas sûre que ce soit son écriture. Je tombe dans un état affreux par moments, avec larmes irrépressibles. Ce silence depuis deux jours que je suis rentrée, le fait qu'il n'ait pas appelé jeudi, c'est la mort, le trou. Au moment où j'écris, la certitude qu'il est parti me submerge comme une folie et mon attente à Florence, de le revoir, devient hideuse.

Dimanche 17

Bientôt, demain, un an, que je m'envolais pour Moscou, avec la suite, ce qu'on appelle le destin et qui n'est qu'une suite d'actes dans lesquels on persévère dans la même direction. Pour comprendre le génie de Proust, il faut avoir vécu cela, *Albertine disparue*. Je revis vraiment *La prisonnière* et *Albertine disparue* (*La fugitive*, comme titre, me plaît moins). Personne ne m'a encore dit, « S.B. est parti », mais je sais que c'est ce qui m'attend, si je téléphone à l'ambassade, ou lorsque j'irai le 28 septembre au cinéma soviétique. Je suis dans un état voisin de celui qui a suivi la mort de ma mère. Je *comprends* mes années 58-59-60, c'est-à-dire leur douleur indicible — mais je ne comprends pas cette folie, ce rêve d'un homme, alors, pas plus que je ne comprends la force de mon attachement à S. Sauf : m'approcher du retour au néant, aspirer à la fusion primordiale avec le cosmos (mythes !). *Voglio vivere una favola...* Quelle dérision.

Soir. Il a appelé à trois heures. Après, il m'a fallu une heure ou deux pour retrouver un état d'apaisement semblable à celui qui précédait ces trois derniers jours, pour me laver de l'angoisse, de la mort qui m'envahissait en pensant qu'il était reparti à Moscou. Pourquoi toujours imaginer le pire, je suis éternellement l'enfant abandonnée (par qui ? par ma mère, sous le bombardement ?). Il y a encore des choses à vivre, voilà. Je n'ai guère d'illusions, par contre, sur la possibilité qu'il m'appelle de Bruxelles, encore moins qu'il me demande de venir (« c'est un peu difficile » = c'est impossible, en russe). Aujourd'hui, tous les signes favorables à un appel téléphonique se sont révélés *justes*.

Je rêve depuis un an bientôt. Réveillée de mon rêve, dans un mois. Ces vers de Racine, adorés à seize ans, si merveilleux, que je peux dire encore une fois :

Dans un mois, dans un an, comment souffrirons-
nous
Seigneur, que tant de mers me séparent de vous.
Que le jour recommence et que le jour finisse
Sans que jamais Titus puisse voir Bérénice.

Mercredi 20

Aujourd'hui, les *signes* favorables ne sont pas suivis de réalisation. Il n'appellera pas de Bruxelles, il ne me demandera pas de venir. J'ai vécu cette passion comme j'écris, avec le même engagement, et chaque jour me rapproche de la fin. 13 octobre, puisque je pars pour Brême à cette date, et reviens le 15, jour de son départ. Pour cette raison, je ne peux faire le décompte des jalousies (qui va-t-il rencontrer à Brux., etc.), des insuffisances de cette liaison, condamnée à mourir.

Samedi 23

Ainsi, aujourd'hui, l'enregistrement de mon journal — vingt-six ans de journal — rejoint le présent. Cela ne fait pas histoire, juste une nappe de souffrance égocentrique. Pourtant, je sais que c'est par elle que je communique avec le reste de l'humanité. J'ai lu, je lis, les derniers jours, avec des pleurs impossibles à retenir. S. n'a pas appelé de Brux. Et il est rentré, sans doute. Je ne suis même plus sûre que nous aurons des adieux. Je me demande si S., plus encore que P., n'aura pas été celui qui me pousse vers une « écriture de la pitié », la merveilleuse pitié des livres russes.

Dimanche 24

Angoisse. Si peu de temps encore et aucun signe de vie, cette vie qui pourrait m'être redonnée pour quelques jours ou heures. Rêvé que j'allais à l'ambassade pour le cinéma soviétique. On y jouait *Une femme* en russe et l'actrice n'était pas Micheline Uzan mais une actrice insignifiante. Mise en scène atrocement réaliste, *tout* du récit était *représenté*. S. ne s'assied pas à côté de moi. On m'incite à discuter de théâtre avec deux ou trois écrivains russes, dont Bitov. Il y a Marie R. Impression qu'on m'invitera en Russie.

Vers deux heures ou trois heures, cet après-midi, il y aura juste un an que j'ai désiré pour la première fois S., à Zagorsk. Je revois les icônes, ma robe d'éponge bleue Sonia Rykiel, les « patins » aux pieds, je *sens* le bras de S. autour de la taille. Brusquement la pensée qui se fait jour — pourquoi pas lui ? — qui transforme ce voyage en avant et après, coupe le temps définitivement. C'est un bras encore inconnu, ce n'est pas celui de maintenant, nu et doux.

Lundi 25

Il y a trois semaines, le bonheur encore, ce lundi-là. Dans trois semaines, je n'aurai plus rien à attendre, il sera parti en URSS. Mon désespoir de n'avoir aucun appel depuis l'autre dimanche atteint la folie de douleur. Une angoisse dans la gorge, les larmes, l'horrible peur de ne pas le voir jeudi à l'ambassade, ou qu'il m'ignore comme la dernière fois, en mai (je m'étais trompée, mais je ne pouvais, alors, faire la différence entre la réalité et l'apparence — quelle réalité, d'ailleurs…). Le bonheur de Michèle G., hier, son attente d'une histoire avec K.G., a avivé ma douleur. L'an dernier, en octobre, c'est moi qui commençais une histoire, dont l'issue atroce était naturellement à prévoir. Mais aller au bout du malheur signifie d'abord aller au bout du bonheur.

Hier, cette certitude, j'*écris* mes histoires d'amour et je *vis* mes livres, dans une ronde incessante.

16 h 40. Trois semaines, ce lundi. Tant de rencontres, et puis rien. Je n'ai pas été si *bas* depuis mon avortement, ces jours où j'attendais une solution, fin 63. C'est *ne pas savoir* qui est l'horreur. Je préférerais qu'il m'appelle, là, maintenant, pour me dire qu'il a quelqu'un d'autre, que c'est fini. J'ai toujours préféré « regarder mon destin dans les yeux ». Je ne fais rien, absolument rien, même les travaux de jardin me sont abominables. Le pire, aller jeudi à l'ambassade sans qu'il m'ait appelée avant. Comme à la mort de ma mère, je n'ai envie de rien et je ne pourrai faire un livre sur lui (je le lui ai promis — à tort, sans doute).

10 heures du soir. Il y aura un an, vers deux heures du matin, que j'ai engagé ma vie sur la passion, en deux secondes : juste le *repentir* devant la porte de S., à l'hôtel Karalia. Cette nuit, je me réveille et je pense, « le train s'est arrêté ». Je me crois dans un train de nuit, c'est sans doute celui de Moscou-Leningrad, la nuit de l'an passé. C'est le temps qui s'est arrêté. Chaque nuit, depuis quelques jours, je pense que cela m'est égal de mourir. Je n'ai jamais revu G. de V., je n'ai jamais revu C.G., *qui n'est pas venu me dire au revoir,* en 58, comme il me l'avait promis. Et S. ?

Mardi 26

Nuit presque blanche, quelques rêves. Dans l'un je descends la rue du Clos-des-Parts, devenue très dense en habitations, genre rue piétonne. Il y a beaucoup de monde sur le pas de la porte de l'épicerie, j'ai une jupe sale (la noire, qui me sert au jardin), d'où ma gêne profonde. Autre rêve, d'homosexuels se faisant des signes (résur-

gence du livre de Mishima, *Les amours inter-
dites*). Je me lève et mets l'alliance de ma
mère (dans la réalité, non le rêve !) comme
talisman. Besoin de me raccrocher à quelque
chose. Et constamment je me dis : la vérité
ou la mort. Savoir, savoir ce qui se passe à
propos de S., ne pas continuer de vivre dans
cette angoisse inouïe.

Jeudi 28

10 h 10. Hier, appel à dix heures. Donc,
depuis douze heures pleines, « j'ai quelque
chose ». Je veux dire que cette attente de le
voir est une possession, un bien, et que le
reste du temps, je « n'ai rien ». Il faut juste
« être », si difficile. Je ne pense pas, ici, à tout
ce qui m'obsède d'habitude : a-t-il une autre
femme ? est-ce la dernière fois ? Hier, il me
paraissait sec, préoccupé, ou indifférent, au
téléphone.

14 heures. Bilan sensuel, toujours positif,
mais pourquoi me leurrer, *il n'y a que cela*.
Quand il s'est rhabillé dans le bureau, en

regardant son dos, ses fesses, je me sentais prise de cette déréliction, ce dépérissement plutôt, qui conduit à la haine, d'avoir perdu autant de temps (depuis mars, la fin de mon cours sur Robbe-Grillet) pour un homme qui ne voit en moi qu'un cul et un écrivain connu. Installé à mon bureau, il essayait de lire ce que j'ai écrit, que j'insérerai peut-être dans ce que je n'ai pas encore entrepris.

Que me réserve ce soir ? car en dépit de son désir que je n'aille pas à l'ambassade (« je n'y serai pas », « le film est médiocre », vérités ou mensonges ?), je suis décidée, une fois de plus, à « regarder mon destin dans les yeux ».

11 heures du soir. Le destin est voilé, avec des signes négatifs. *Il était là*, et non aux ballets du Bolchoï. Le film, médiocre, certes (on ne l'a pas regardé jusqu'à la fin), Macha absente… Rencontre prévue, d'où devaient être absentes femme et maîtresse ? Il regarde avec insistance une femme mûre, grande, maigre, blonde… Son type ? Aimant les femmes qui dirigent tout ? Comme si je

ne le savais pas… Aujourd'hui, position nouvelle, intéressante, assis, dos tourné, tous les
deux. Je n'ai jamais eu que des don Juan.

Aujourd'hui la certitude qu'il ment souvent avec la plus parfaite apparence de sincé-
rité.

Vendredi 29

La fin de mes livres, sauf *La place* et *Une
femme*, a été souvent insipide, inutile, rupture de l'écriture plutôt que conclusion, fin.
Peut-être, malgré mes désirs, en sera-t-il de
même avec le *roman S.* Hier, mon découragement, mon dégoût de moi-même en regardant avec lui, à la télé, ces jeux imbéciles de
TF 1, *Le juste prix* par exemple. J'ai découvert
à quel point il était peu intellectuel. Le soir
également : le film aurait mérité d'être
regardé jusqu'au bout. Il s'y ennuyait prodi-
gieusement, bougeant sans arrêt, nerveux
comme il l'est rarement.

Je n'ai pas su terminer à temps. Ce temps
était, je crois, aux alentours de Noël. En

mars, c'était difficile, à cause du printemps dévastateur.

Octobre
Dimanche 1ᵉʳ

Quand ce mois finira, tout sera clos. Le silence. Plus jamais « Annie » avec l'accent russe, d'attente du bruit de la voiture, des pas dans l'après-midi. Maintenant je refais le parcours : un an, il y a un an, ce 1ᵉʳ octobre, j'allais le revoir le lendemain devant l'église Saint-Germain-des-Prés. Il me semble qu'il avait un jean, un polo vert — je ne suis plus sûre, mais il souriait. Je l'aimais déjà assez. Il allait être très amoureux de moi, puis se lasser, peut-être me « tromper », et il s'en va. Comme tout cela est simple, et voici à nouveau octobre, les asters bleus dans le jardin, l'odeur de terre. Je suis dans un état de douleur latente, de celle que masquent les insensibilisants pour un mal physique, écartelée par trois idées affreuses : 1) ne plus jamais le revoir — 2) avoir « perdu » plusieurs mois dans une passion non partagée — 3) humiliation de n'être plus autant désirée, admirée, par rapport aux premiers mois. Les réveils dans la nuit sont noirs.

Jeudi 5

Déjà, je suis dans la séparation, la pire, celle que donne la lucidité : début décembre, il aurait fallu rompre. Mais cela est absurde à dire, puisque je ne peux renoncer à estimer, sentir, que juillet et août, surtout août, ont été *bien* à vivre. Que, même là, j'espère encore une dernière rencontre, au moins. Mais que penser de la dernière fois, de ses mensonges au sujet du film où il n'aurait pas dû être ? Je suis persuadée maintenant qu'il a eu d'autres femmes en même temps que moi, mais depuis quand ?

Ne pas me souvenir de l'an passé à la même époque. Essayer de survivre. Horreur de penser que je pourrais ne pas le voir une dernière fois. Cela commence par un caprice, un pur désir de peau pour une nuit, et cela finit dans la douleur blanche, muette.

Vendredi 6

9 heures. Encore une journée à vivre, blanche, et tout cela est ma faute, puisque je n'ai pas eu la force de casser à temps, que j'ai accepté l'absolu « droit du maître » (il vient quand il veut, téléphone idem) et qu'il n'y a pas de bonheur, *in fine*, dans l'oppression. Je me demande si son départ ne sera pas une libération pour moi. « Quand il n'y a plus d'espoir, etc. — Cela s'appelle l'aurore… » Mais tant qu'il me restera une goutte d'espérance de le revoir — comme cela ressemble à 58, revoir C.G. une fois, et, finalement, il n'était pas venu me dire adieu dans ma chambre où je l'ai attendu jusqu'à l'aube — je vais être dans cet état de délabrement.

Lundi 9

Appel, dix-huit heures trente, hier. Aussitôt, la fatigue. Comme si toute la tension, la douleur, accumulées durant dix jours, s'apaisaient et que ce travail de retour au calme m'épuise. Donc, mercredi après-midi. Sans doute la dernière fois. Je voudrais immobiliser ces deux jours, l'attente étant celle du *plus jamais*. C'est le départ du soldat pour le front… l'adieu des amants que tout sépare… Comment vais-je vivre cela. Est-ce que le désir sera possible mercredi.

Mardi 10

Soir. Je pense que c'est demain la dernière fois. Il y aura un an qu'il était rentré de Paris avec moi, dans cette maison, pour la première fois. Je pleure. Un an ! j'ai vécu cette passion pendant un an, et je n'ai rien fait d'autre. L'été, à partir de la mi-juillet, a été entièrement consacré à *vivre* jusqu'au bout cette passion. Encore une fois, avec horreur, me demander, « qu'est-ce que le présent ». Là, il existe sans doute, il est gros d'avenir et d'horreur : le bonheur de le voir et la douleur de ne plus le voir, lorsque les trois ou quatre heures de la rencontre se seront écoulées. Une chanson idiote dans la tête, « un au revoir, ce n'est pas un adieu… Pourquoi ces larmes dans vos jolis yeux… » Un au revoir est *toujours* un adieu, puisqu'on ne saurait, la plupart du temps, par avance, les distinguer. Encore une fois, un rendez-vous, monsieur le bourreau…

Mercredi 11

4 heures. Le compte à rebours va bientôt commencer. C'est une véritable fête que j'ai préparée, champagne, feu de bois, et le cadeau d'adieu, une gravure ancienne du Moulin de la Galette. La seule façon de finir sans trop souffrir, *faire* de l'adieu une cérémonie.

Jeudi 12

Il y a une minute de plus… Il ne part qu'après la commémoration de la révolution russe. Descente sadomasochiste, mais douce, sans violence (à cause de la sodomie et du « normal » conjugués — complètement meurtrie : un moment, j'ai cru être déchirée). Il a dit : « Annie, je t'aime », et je n'y ai pas attaché d'importance, parce que c'était pendant l'amour, mais peut-être est-ce justement là, la vérité, la seule, celle du désir. Peur, ce matin, que sa femme ait trouvé des cheveux sur lui, sous ses chaussettes (!), peur aussi qu'il ait eu un accident. Sa vie m'est réellement précieuse, et déjà j'ai très mal à la Russie, à ce qui, sans doute, va se passer dans les années à venir, bouleversements épouvantables. Que va-t-il devenir ?

Recueilli quatre cheveux de lui sur mon peigne, pensé aussitôt à Tristan et Yseut : désir de les coudre dans un vêtement, comme le cheveu d'or d'Yseut dans une robe. *Vivere una favola...* Quand il est arrivé, nous avons fait l'amour sur la moquette du bureau. Déshabillage réciproque de plus en plus merveilleux. Au moment du départ, je le rhabille (ses manches à boutonner) et il y a tant de tendresse ensuite dans notre façon de nous embrasser. Il était dix heures et quart, ou demie, quand il est parti. Je n'ai pas dormi plus de deux heures ensuite.

Il avait un slip russe, lâche, blanc, avec une large ceinture épaisse. Je l'ai identifié immédiatement sous mes mains.

Lundi 16

Le temps avance et il ne vient pas. Voyage très irritant en RFA. Brême, plutôt agréable — je suis plutôt insensible à vrai dire. Le débat de Francfort, détestable, nul, ne servant à rien (j'en étais sûre, évidemment) et je me suis fait agresser par un poète défenseur de sa boutique. J'ai oublié son nom.

Peut-être ne revient-il pas parce qu'il a peur que je lui offre un autre cadeau. « Merde ! » a-t-il dit à mon annonce, « j'ai un cadeau pour toi » : vraiment une soirée sans tabous d'aucune sorte… Ou encore il a honte de notre façon torride de faire l'amour, de cette folie de jouissance. Ou la voiture en panne, ou… Ou simplement rien que je puisse admettre sans frémir, autre femme, etc.

Sans cesse, devant ce merveilleux soleil d'automne, ces arbres étincelants, penser à l'année dernière. J'ai voulu faire de cette passion une œuvre d'art dans ma vie, ou plutôt cette liaison est devenue passion parce que je l'ai voulue œuvre d'art (Michel Foucault : le souverain bien, c'est de faire de sa vie une œuvre d'art).

Mercredi 18

Journée vide, et ce soir je pleure parce que cela fait exactement une semaine, et que bientôt il n'y aura plus rien à espérer. Les jours se suppriment les uns après les autres sans qu'il vienne. Coup de téléphone à treize heures. Quand j'arrive, il n'y a plus personne au bout du fil. Ce n'était pas, comme je l'avais cru, Franke Rother, l'Allemande de l'Est, laquelle arrivera à Cergy avec deux heures de retard, quand je ne l'attendais plus.

D'avoir passé avec elle cette fin d'après-midi, bien habillée, coiffée, etc., m'a désespérée, *par comparaison* avec mercredi dernier. Et que dire de l'an dernier à la même date… Le plus grand bonheur, inouï, serait qu'il vienne un soir à l'improviste. Il n'y a plus beaucoup d'inouï dans notre relation. Cadre réglé des r.v. pris à l'avance. Tout de même, plutôt le r.v. réglé, plutôt n'importe quoi où je le voie, que Rien.

Jeudi 19

À neuf heures moins dix, « Annie ». Dans trois quarts d'heure il sera là. Après le coup de fil, j'ai sauté de joie, dansé, comme je ne l'ai jamais fait depuis mon enfance, avant la moiteur, la honte de l'adolescence, la *retenue* de la jeune fille étudiante. Il faut donc que cette joie soit prodigieuse pour qu'elle redonne celle de l'enfance, peut-être même celle d'*avant* 1952.

Soir. Encore la bouteille entière de champagne, un peu moins de whisky pour lui que la fois dernière. L'invention, continuelle, des positions, des gestes. Je renverse du champagne sur son sexe, à peu près sûre qu'on ne lui a jamais fait de telles choses. Sodomie. Garder le souvenir de son visage bouleversé quand je lui dis : « N'importe où, n'importe quand, tu peux me demander n'importe quoi, je te le donnerai, je le ferai pour toi. » Presque des larmes dans ses yeux. Je prends dans ma bouche un morceau de ce qu'il mange, il en est touché.

Peut-être encore une fois, une seule… Ne pas pouvoir se souvenir de tout, la tendresse, les mots vagues, ou bien de chaque signe concret manifestant cette tendresse. Et l'étonnante posture acrobatique sur le fauteuil de cuir, tête en bas. Il y a un côté perfectionniste et inventif chez moi — le domaine actuel, pour si peu de temps encore, en est l'amour.

Samedi 21

Je reviens de Rouen, où le meilleur moment de la journée a été d'apprendre, trente ans après, que la surgé du lycée, la terrible

R., et la chafouine Mlle F., la directrice, étaient un couple lesbien.

Effroi devant ce compte à rebours, dont le terme sera la « révolution d'Octobre ». Curieusement, effet de colmatage préventif de la douleur : je vois S. comme j'ai vu Ph. jadis, quand je l'ai quitté (avant de me marier avec lui, ensuite), un être proche et fraternel dont rien ne pourrait me séparer.

Acheté un ensemble de maille noir, superbe : être la plus belle pour lui à l'ambassade. Des souvenirs de l'an passé reviennent, je me promenais dans les rues de La Rochelle, le matin, j'entre au Printemps, je suis dans la rue grise de l'hôtel, je marche dans Marseille, j'entre dans ce café en plein air, et tout me paraît hier, *vtchera*.

Lundi 23

Appel pris par Eric quand j'étais à Paris : sûre que c'était lui l'inconnu qui a raccroché. Je suis abattue. J'ai toujours tort de vouloir rencontrer des gens comme Gérard G., inconscient de sa position ambiguë : il hait le milieu parisien qui l'a rejeté, tout en désirant s'y mêler à nouveau. Et pendant ce temps j'ai raté S., qui pouvait peut-être venir aujourd'hui. Depuis plusieurs jours, j'ai mal à la tête sans arrêt. Et demain matin encore, ne pas être là, rater S. ? Comment vais-je vivre sans espoir, sans attente, il n'y a plus rien de commun entre l'homme jeune, très apparatchik, sans caractère, que je croyais voir les premiers jours en URSS, et celui dont le corps est en moi, et l'existence plus chère que tout pour moi.

Rue Saint-Denis, la moiteur, l'insistance du sexe : partout, sur les murs des boutiques, aphrodisiaques, latex, cuirs, etc. — dans les regards des hommes. Je baisse les yeux en marchant, comme une chaisière, mais je voudrais entrer dans ces lieux, pour connaître le véritable visage du désir masculin. Un type jeune, avec attaché-case, entrait dans un peep-show — 20 F — qui passait aussi des vidéos.

Reçu invitation pour l'anniversaire de la révolution d'Octobre : 6 novembre. Je suis heureuse parce que cela veut dire un nouveau délai : il reste au moins jusqu'à lundi. (Je pensais que la fête aurait lieu vendredi, comme l'an passé.) La phrase de Proust sur ces délais qu'imagine le soldat, vis-à-vis de la mort qui rôde, me revient en mémoire. L'espérance continuelle d'un nouveau délai, alors que tout, un jour, doit finir, pour tout homme.

Trouvé la recette des céleris pour l'apéritif, alors que je croyais l'avoir jetée. Gardée depuis vingt ans, je ne l'avais jamais exécutée : personne n'aimait le céleri. S. aime le céleri. C'est comme si je n'avais conservé cette recette, pendant tant d'années, que pour lui.

Il fait un temps splendide, comme en 63, en 85, et l'an passé. Je n'aime pas travailler au jardin parce que je ne peux m'empêcher de *penser* (s'il avait quelqu'un d'autre ? si, à ce moment, il était en forêt de Fontainebleau ?). Je suis, là, extrêmement malheureuse, d'attente, de désir, de peur. Et tout ce que je fais au jardin n'a aucun rapport avec lui. Pire, ces fleurs pousseront lorsque, depuis longtemps, nous serons séparés.

Rêvé de ma mère, vivante, à l'hospice ou l'hôpital gériatrique.

Mercredi 25

Ce temps... ce temps... Je parle du soleil d'octobre. Tout l'après-midi, au jardin, je suis hantée par les peurs, toujours les mêmes : 1) il a quelqu'un d'autre. Et alors c'est le trou, ce stade de l'enfance jamais dépassé. Je lis dans un article de psychanalyse que *la terreur sans nom* — que j'aime ces mots — du nourrisson est vaincue peu à peu, terreur de la séparation d'avec la mère. Une étape capitale est franchie lorsque l'enfant devient capable de garder en lui l'image de sa mère en son absence. Autrement dit, lorsqu'il arrive à comprendre que la présence physique n'est indispensable ni à l'un ni à l'autre pour continuer à penser à l'un et à l'autre. Non seulement S. ne pense pas à moi dès qu'il est parti, mais il pense à une autre… je suis toujours dans la terreur sans nom — 2) qu'il y ait cinéma à l'ambassade demain et qu'il ait volontairement omis de m'inviter — qu'il soit parti chez Sa. ou S. — qu'il ne dispose plus de voiture pour venir (ça, c'est nouveau comme imagination, mais c'est *déjà* arrivé…).

J'ai reçu un très beau bouquet de fleurs de la bibliothèque de Cergy Saint-Christophe. Heureuse brièvement de cette gratification, puis plus malheureuse qu'avant : ce que me donnent les autres me renvoie à ce que S. ne me donne pas, c'est-à-dire son désir et son amour.

Jeudi 26

10 h 45. De moins en moins d'espérance pour ces jours. Horreur, je pleure. Et s'il était parti ? Toujours l'effroi de ce coup de téléphone de lundi non identifié : l'annonce d'un départ subit ?

14 h 45. Pour la première fois, j'ose téléphoner à l'ambassade d'URSS pour *savoir* (cela, *savoir, savoir…*) s'il y a ou non cinéma aujourd'hui. C'est *non* et je suis un peu soulagée, juste de ma jalousie, non de mon désir de le voir.

10 h moins 25. L'an dernier, j'écrivais « 26 octobre, journée parfaite ». Aujourd'hui si noir (mais pensais-je le garder un an ?). Il y a eu quatre coups de téléphone, quatre espérances mortes.

Vendredi 27

J'ai commencé deux livres, à dix ans d'intervalle, un 27 octobre (62-72). Pas cette année. Cette nuit, trois heures, je pleure violemment (je peux, je suis seule, les garçons ne sont plus là) car je suis sûre qu'il est parti. Ce matin je pense que c'est possible. Téléphoner à l'ambassade, peut-être, cet aprèsmidi. L'autre versant de l'horreur : me rappeler cette femme « qui a travaillé avec Alain Delon », l'a-t-il revue ? Le coup de téléphone de lundi m'inquiète de plus en plus. C'est le même noir qu'en mars, en mai et en septembre au retour d'Italie. Pourtant, chaque fois, je crois que je ne suis jamais allée aussi bas, le souvenir d'états semblables ne m'est d'aucun secours, aggrave même, comme la confirmation d'un malheur uniforme lié à l'amour (quel qu'il soit, quel qu'en soit le destinataire).

Lundi 30

15 h 15. Folie d'angoisse, de fatalisme. « Il est parti » ou « il a quelqu'un d'autre qu'il faut se dépêcher d'aimer avant de partir ». C'est infiniment dur. Le beau temps est revenu, été inlassable. Larmes prêtes à tout instant. La *terreur sans nom,* ô combien. Tout ce qui me parle de l'URSS, et c'est constamment, me tord le cœur. Maux de tête très violents. Je n'ose pas penser à mon état si, vendredi, je n'ai eu aucun signe de lui. Téléphoner à l'ambassade serait la fin de tout espoir. Donc, ne pas le faire.

Mardi 31

Le pire, je crois, est sûr. Je suis ravagée de larmes. Il est certainement reparti en URSS. Mercredi dernier, en recevant les fleurs de la bibliothèque, j'ai cru pendant quelques secondes qu'elles venaient de lui, qu'il était reparti de France. C'était sans doute vrai (qu'il était parti). Ainsi, il n'a pas voulu me dire adieu. Quand je vais avoir la certitude — il faudra bien téléphoner à l'ambassade — comment vais-je faire pour continuer à vivre.

11 h moins 20. Appel. Mais il ne peut pas venir. Et naturellement, je pense à l'autre solution, une maîtresse, un autre désir. Si naturel. Lundi sera une épreuve, je le sens tellement. Mais, au moins, quelque chose à *gagner*… Je sors du noir.

Novembre
Mercredi 1ᵉʳ

Cette fois, il n'y aura pas de nouveau délai : c'est bien en novembre qu'il repart en URSS. Encore *une* fois, j'imagine, et rien de plus. L'appel d'hier soir, parce qu'il ne fixe aucune rencontre, ne m'a pas apaisée. L'enfer continue. Jalousie informe, peur de lundi, colère contre le mur lisse qu'il est, contre ma propre faiblesse, mon inaction. Le temps ne passe pas, *seulement* mercredi.

Depuis cinq ans : ne plus vivre dans la honte ce que l'on peut vivre dans le plaisir, le triomphe (la sexualité, la jalousie et les origines sociales aussi). La honte recouvre tout, empêche d'aller plus loin.

Pensé aussi que l'écriture jouait pour moi le rôle d'une morale : ainsi je ne voulais pas d'aventures auparavant afin de ne pas perdre l'obsession d'écrire. Longtemps — et encore — la vie de plaisirs m'est apparue comme impossible *parce que* j'écrivais. J'excusais mon mari de s'y livrer *puisqu'*il n'écrivait pas. Que faire d'autre dans ce cas ? Manger, boire et faire l'amour.

Jeudi 2

Jamais le temps n'a été aussi lent et sans avenir en même temps. Peur de lundi, de le voir s'intéresser comme en mai et septembre à d'autres femmes (même si je me trompais alors, du moins en mai), peur de voir des gens que je connais et qu'ils lisent sur mon visage, mon corps, « elle ne travaille plus, elle n'écrit plus ». Mais non, moi seule le sais, que je ne suis plus dans leur monde de gloire ou de souffrance par l'écriture, mais dans celui de la peau, de la douleur et du désir pour quelqu'un.

Je regardais une émission « d'amour et de sexe », où les hommes s'exprimaient. Je cherchais à savoir, par leurs paroles, comment S. se comportait, s'il avait d'autres femmes, etc. Absurdité, évidemment. Mais chercher, prendre toutes *les clefs*, pour savoir…

Vendredi 3

Vraiment fait mon deuil de ce rêve, un homme intelligent, « solide », etc., avec qui je « construirais » (?) quelque chose. En dehors de l'écriture et des enfants, je suis incapable de rien construire. Ma seule réalité, c'est l'homme éphémère, qui n'a rien à m'apporter d'autre que des rêves et des fantasmes, du désir, de la tendresse s'il le peut.

Quand j'y songe, j'ai commencé d'apprendre le russe pour un homme !

Continuellement, par bouffées, imaginer la terrible scène de douleur et d'humiliation : lundi, une « autre femme » à l'ambassade, courtisée visiblement devant moi, et même saisir, cette phrase murmurée, la même entendue tant de fois, dans ces mêmes lieux, l'ambassade : « on se voit cet après-midi » — et qui ne me serait plus destinée. À quoi serviraient alors tous ces atours, minutieusement préparés, le tailleur noir qui me fait la silhouette d'un mannequin, la dentelle noire, dépassante, les bas soyeux et sombres, le sac Charles Jourdan et la couleur miel que Dessanges a réussi sur mes cheveux ? Sinon à prouver l'inanité qui est la leur face à un nouveau désir. Très moral, au fond. Saurai-je être digne, alors, et ne pas fuir, comme j'ai toujours envie de le faire (autrefois, envie de gifler, battre l'homme qui m'oubliait — pareil que fuir).

Dimanche 5

Temps gris et frais, après deux jours de pluie. Cette nuit, rêve de S. : il m'a invitée à Lille (?), nous sommes dans une chambre, nous partons dans les rues, il me fait l'amour, dehors, contre un mur, et il disparaît. Je m'aperçois que je suis juste sous l'appartement de Christiane B. et nous sommes en plein jour. (B. qui ne trouve pas de mec : signe de mon âge, à peine moins élevé que le sien, quatre ou cinq ans.) Je pars à la recherche de S., je ne le retrouve pas. Il y a une semaine, autre rêve, il vient à la maison, avec une *lettre bleue*.

Aujourd'hui, je sens réellement le temps *reculer* vers la réception de demain, c'est-à-dire m'emporter vers la vérité, que je lirai dans ses paroles et son comportement, sans que je puisse résister. Le cauchemar éveillé, ancien : oublier l'heure, le jour, de quelque chose, réaliser qu'il est *trop tard*.

Lundi 6

10 h 40. Je pars bientôt pour l'ambassade. Mystère, angoisse. Mon image dans les glaces me rassure à peine. Maquillage quasi à la loupe, tailleur noir dont tout le monde me dit qu'il me va superbement bien. Et puis quoi ? S'il ne me désire plus... Ne pas parler d'amour. Aller pour vaincre, dans le domaine des sentiments je n'ai jamais su.

8 h moins 10. Ambassade, impression qu'il n'est pas là. Il est là, mais distrait : « On se voit cet après-midi ? » Je suis hors de mon corps, de mon être. Il arrive à quatre heures vingt et il repart à moins de huit heures. Le temps passait lentement, il ne parlait pas

beaucoup, sans que je puisse savoir pourquoi. Il est déjà parti dans sa tête, voilà tout.
J'ai pleuré sur son épaule, dans ses bras. Il
avait mauvaise haleine pour la première fois
et j'ai pensé qu'il était troublé, ému. Mais
peut-être rien de cela, pressé de partir. Tout
le vide me tombe dessus, le rêve des jours
passés. Je ne le reverrai plus, sans doute,
bien qu'il ne parte que le 15. Vivre pourtant
encore de ce mince espoir. Quand je mettrai
au sale les deux slips pleins de sperme de ce
soir, sans doute serai-je guérie.

Faible, nulle à peu près, consolation : il
m'a trouvée magnifique, à l'ambassade.
Quel est le sens de tout cela, cette année
d'amour fou. On a fait l'amour sur mon
bureau (c'est moi qui l'ai voulu) pour la première fois et la dernière. À la station Charles-
de-Gaulle, au kiosque à journaux, une
femme me demande de l'argent, je lui donne
dix francs, et elle me baise la main. Sensation terrible (je pense à S., c'est comme une
bénédiction, ce geste d'humiliation qui me
révolte). Ce soir, une araignée noire,
énorme, dans mon bureau : je me rappelle
ce soir de septembre 63, à Yvetot, l'énorme

araignée, mon père ne voulant pas la tuer, « signe de bonheur », et moi non plus (je pensais à Philippe), ma mère se moquant, « vous êtes superstitieux ! ». Ce soir non plus, je ne l'ai pas tuée.

Il avait une cravate Guy Laroche et « la pochette », dit-il ! Un étrange slip, ouvert, pourtant « français », selon lui. Il dit aussi : « C'est la vie. Qu'est-ce qu'on peut faire ? » Mes propres paroles, d'il y a un an. Encore une fois, ce geste de me tordre le nez, comme à une petite fille, lorsque je lui parle des femmes qu'il a eues, en France. Aveu, ou gêne que ce ne soit pas le cas ? Et puis maintenant, quelle importance.

Mardi 7

Jusqu'au bout, la jalousie. Mettre sur le compte d'une autre femme sa distraction d'hier et le fait qu'il ne soit pas venu me voir la semaine de temps éblouissant, en octobre. Froid et brouillard depuis le début novembre. Il partira le 15, c'est-à-dire juste un an après la folle nuit où sa voiture ne démarrait pas.

Je n'ai pas dormi, je suis à la limite des larmes. Il reste ce mince espoir de le revoir, si mince. Hier, sur le canapé, je le regardais au-dessus de moi, juste adapté à mon corps, mince, grand, sa peau blanche, lisse. Double physique de moi. La douleur, plus grande, à cause de cela. Les baisers du départ, près de la porte, c'est la mort. Son ombre penchée marchant vers la voiture, costume bleu sombre, sa main m'envoie un baiser. Dernière image. Dans mon bureau, j'entends la voiture partir.

« Je reviendrai. — Je serai vieille. — Tu ne seras jamais vieille pour moi. — J'essaierai de ne pas vieillir. »

Pourquoi croire que je souffre plus parce que je « suis » écrivain ? (Je ne *suis* pas écrivain, j'écris, puis je vis.)

Rêve : la réception de l'ambassade (celle-ci, très blanche, un peu ancienne). Je suis avec S. mais il y a séparation des Soviétiques et des invités, à un moment. Je pars, en le laissant, il écoute Gorbatchev, que je ne vois pas. Je passe un pont, à la moitié je décide de revenir sur mes pas pour le retrouver. Puis je renonce et reprends ma route en pensant que je ne le verrai plus.

Au fond de moi, je n'ai réellement pas d'espoir de le revoir avant son départ. Lundi était trop une scène d'adieu, et il l'a vécue ainsi (sa main envoyant un baiser en partant, même). Tout ce que je puis espérer est un coup de téléphone. Je suis en train d'entrer dans la souffrance, cherchant à oublier pour survivre.

Livre qui pourrait commencer par : « Du tant au tant j'ai vécu une passion », etc. La décrire minutieusement. C'est alors renoncer à revoir S., définitivement, et peut-être lui causer du tort. Seul, c'est assez limité comme projet, de toute manière.

Le désespoir, je l'entrevois. C'est de croire qu'il n'y aura aucun livre capable de m'aider à comprendre ce que je vis. Et surtout de croire que je ne pourrai, moi, écrire un tel livre.

Vendredi 10

Où se trouve ma demeure, l'amour n'existe qu'au prix de la mort — Christa Wolf (*Aucun lieu, nulle part*).

Elle dit aussi : *Parfois je pense que pour me compléter j'aurais besoin du reste de l'humanité.* C'est pour cela que j'écris, ce manque. Ce matin, je suis retombée dans la souffrance, qui obnubile, où le temps perdu n'a plus de sens, parce que le temps lui-même s'arrête. Tout le mal vient de ce que je recommence à espérer, à attendre donc, un signe, pourtant bien improbable. Et aussi parce que les dernières semaines n'ont pas été comme je les avais imaginées, qu'il n'est pas venu, contrairement à ses promesses.

Samedi 11

Le mur de Berlin est tombé. L'Histoire devient à nouveau imprévisible. Tout est venu de l'Est et en particulier de l'URSS, ce pays qui est *au-dessus de moi* depuis plus d'un an, par le fait du hasard (mais parce que j'écris, je devais fatalement rencontrer l'Europe de l'Est, la Bulgarie, mon premier voyage là-bas). Sensation d'un chaos à venir, et la réaction n'est pas à écarter en Russie. S. en serait évidemment, le père décoré par Staline ! Ma peur — là aussi déterminée par le passé — de la réunification de l'Allemagne, comme si celle-ci pouvait amener une troisième guerre mondiale. Coïncidence, aujourd'hui 11 novembre.

Ennui avec mes droits d'auteur qui, hier, balaient ma souffrance de S. Pour aujourd'hui, les deux sources d'angoisse, pourtant sans rapport, fusionnent. Et, de plus en plus, la richesse de sensations, de vie, de ma passion, obligée de s'effacer, fait place au constat prévu : avoir perdu mon temps pour un homme qui a dû m'être infidèle plusieurs fois, ne voyant en moi que la bonne affaire, cul et renommée. Rêvé encore de lui, dans la cuisine : il me dit qu'il n'a jamais aimé que Macha, sa femme. Parfois, en dépit de tout, cette intuition que tout ne finit pas là, que je le retrouverai dans des circonstances impossibles à me représenter dans l'état actuel de sa situation et de l'URSS. Obstinément, continuer à apprendre le russe.

Lundi 13

14 heures. Cet été interminable de 89, jusqu'en novembre. Ces mots « la fin d'un rêve », de roman-feuilleton-photo, et la réalité, atroce, qu'ils peuvent signifier. Faire marche arrière jusqu'à Zagorsk, revenir au moment juste où je vais penser à S., dans cette salle des trésors. Effacer tout ce qui s'est passé, ce qui a obsédé mon esprit, plus encore que le corps, pendant quatorze mois.

Retrouver mon âge et les débuts de la méno-
pause. Voir mes tailleurs, mes chemisiers,
achetés pour un homme et les rendre à leur
valeur de vêtements sans but, juste pour
s'habiller à la mode, c'est-à-dire pour rien. Il
reste deux jours mais l'espoir a disparu
aujourd'hui (de le revoir) car c'était le seul
moment possible. Restera le coup de téléphone final, et cela n'est pas sûr. Ma volonté
de descendre jusqu'au bout de la douleur, et
de l'illusion en même temps.

Rêvé que ma mère était à l'hôpital et je
devais aller la voir. Rêve précis : je suis dans
un immense hôpital, avec un très grand hall
éclairé. C'est la nuit. Atmosphère terrible de
déjà vécu (quand ? pendant l'enfance ? souvenir de l'hôpital du Havre, au pavillon des
tuberculeux où était mon oncle ?). Je veux
sortir, place d'Italie. Mais je suis à la station
« Quentin-Bauchart ». Pourquoi ce nom,
cette rue, dans laquelle je suis allée deux ou
trois fois, pas plus ?

Mardi 14

Encore un jour. Essayer de ne pas voir le plus probable, promis par ses dents légèrement cruelles, ses yeux étroits : je n'ai été qu'une conquête et un objet de plaisir. Cela je le savais au début, puis je me suis ingéniée à l'oublier. Sera-ce plus dur d'effacer une année que dix-huit ans avec mon mari ? La haine facilitait les choses, ici l'amour les complique.

Soir, 8 heures. Aveuglant : il ne m'appellera même pas avant son départ. Par lâcheté plus que tout. Je pourrais en effet lui reprocher de ne pas être venu, surtout de ne pas m'avoir donné sa photo ou quelque chose de lui : « Ce sera une surprise », avait-il dit quand je lui avais parlé d'un cadeau de départ. La surprise, c'est qu'il n'y aura pas de cadeau, ni photo, ni rien, pas de *trace* de lui. Son erreur, c'est de croire à mon absolue abnégation. Tout de même, supporter tant de mépris… Vronski, pire que Vronski. Je suis descendue jusqu'au fond de la douleur, et maintenant de la désillusion.

La seule façon de faire oublier son cynisme, son inélégance, serait qu'il m'appelle de Moscou. Autant espérer qu'il neige au Sahara.

Mercredi 15

Oui, le pire est sûr. Je paie ma faiblesse de ne pas avoir su dire un jour, « non, on ne se voit plus, on ne se verra plus ». Mais à aucun moment, je n'ai vraiment été capable de le faire. Brouillard épais. Je ne sais pas quand part ce train qui l'emmène vers les pays de l'Est. Je pleure, le deuil une fois de plus, mais sans culpabilité. C'est pire. Ce que j'ai tant de fois redouté est arrivé. Vivre maintenant, c'est écrire, et je ne sais pas quoi, par quoi commencer. Je ne voudrais pas faire quelque chose de narcissique et d'étroit.

C'est donc *aujourd'hui*. Je regarde les arbres, le soleil sur l'herbe (il est douze heures trente), quelque chose glisse là, maintenant, d'insaisissable, et qui me fait passer de la présence possible d'hier à l'absence définitive de demain. Ce jour est la charnière du passé et de l'avenir. C'est comme la mort. (Même sentiment à la mort de mon père et de ma mère, plus tard : écrire pour joindre le jour où je l'avais vue vivante à celui où elle était morte.)

19 heures. D'où vient que je n'arrive pas à *croire* qu'il puisse être parti sans un signe d'adieu. Peut-être un dernier délai. C'est-à-dire que j'imagine exactement l'inverse de ce que je faisais précédemment, quand je le voyais parti. Dans les deux cas, aucune certitude (demain matin j'appelle l'ambassade). Faire le compte de tout ce que je lui ai donné, très bassement : un briquet Dupont — un livre sur Paris — une gravure ancienne — le journal de sa naissance — des cartouches de Marlboro, et je ne compte pas les innombrables bouteilles de whisky… une vingtaine sans doute, le saumon fumé et le champagne des dernières fois. Il est venu 34 fois à Cergy, 5 fois au studio. Comptabilité nulle, puisque 40 ou 100 ne changerait rien à aujourd'hui, seule existe la coupure, le jamais plus, et la douleur de la lucidité : il est très certainement dans un train traversant

l'Allemagne, en ce moment, à côté de sa femme. Couple soviétique bcbg, occidentalisé.

Jeudi 16

9 h 30. Ce matin, certitude qu'il est bien parti, en m'éveillant. Ici, je conserve juste une marge, entre oui et non. Je vais appeler (toujours vivre ma vie comme un roman-feuilleton).

Il est parti hier soir à Moscou. Le pire est toujours sûr. Est-ce que, comme après la mort de ma mère, je vais être *mieux* au-dedans qu'au-dehors ? Je vais sortir de toute façon. Vivre *Anna Karenine*, c'était bien la plus stupide chose à faire. Je n'ai même pas le courage de regretter ma faiblesse, c'est encore la douleur de la peau, « je vais mettre mon sperme sur ton ventre », mon prénom murmuré, l'accent russe. Je paie trop le bonheur.

20 h 30. Qu'est-ce qu'aimer un homme ? Qu'il soit là, et faire l'amour, rêver, et il revient, il fait l'amour. Tout n'est qu'attente.

Tenir. Faire comme d'habitude. J'ai traité, pendant deux heures au téléphone, les problèmes de traduction anglaise de *Une femme*. Puis Leclerc. Le ciel bleu, les arbres ensoleillés, le froid, comme l'année dernière, les mardis de novembre. Prendre des choses, les mettre dans le caddie. Toujours penser que je suis la même qu'hier, que je dois vivre. Sans ma liste prête depuis plusieurs jours, je n'aurais pu acheter un seul paquet de quoi que ce soit. Ne pas écouter de cassettes de chansons entendues pendant un an. Je suis dans un autre temps. Je vais aux Trois-Fontaines, achète du tonique, cherche un châle. Faire comme si rien ne s'était passé. Mais la différence entre la certitude de son départ et la probabilité de celui-ci, entre la vérité et la fiction, est celle qu'il y a entre la mort et la vie.

Je vois les soutiens-gorge mauves, les porte-jarretelles de la boutique de lingerie, à l'angle devant Auchan. La caisse d'épargne.

Des femmes attendent devant moi. Est-ce qu'elles ont connu depuis longtemps cela, la perte d'un homme, d'un amour fou (« Je t'aime, Annie — Tu es magnifique — Je vais jouir, Annie »). Elles s'impatientent, je regarde aussi ma montre, par principe. Moi je ne fais qu'user du temps, du temps en trop. Il n'y a rien devant moi.

Je repasse encore devant les porte-jarretelles, toute cette douceur de lingerie. Retour à la maison, dépôt des courses, téléphone au CNED. Je repars, au vestiaire du Secours catholique. Avec les écharpes, les chaussures que je donne, il y a la paire de chaussons que je lui avais achetée pour mettre à la maison. Un chômeur enfoncera ses pieds dans le cuir noir, je voudrais que ça lui porte bonheur. Dans le local du Secours catholique, effervescence, violence des gestes, que j'avais oubliée. Des hommes et des femmes, jeunes, essaient des vêtements, crient. La pauvreté invisible, réunie là.

Coiffeur. Musique. Ne pas me regarder trop, le visage nu, cheveux mouillés : *l'âge.* Journaux avec femmes excitantes, déshabillées. Tout ce temps, en marchant, en roulant en voiture, impression de continuer d'écrire-vivre ma *belle* histoire. Je vois les blocs de la ville nouvelle, les autoroutes. C'est comme si j'avais toujours été là. Ma vie antérieure est absente.

Cela ressemble aux jours qui ont suivi mon avortement, en 64. Et maintenant j'ai envie de dormir.

Coup de téléphone à Nicole. Moi : C'est un salaud ! Elle : Non, il est malheureux, il a préféré ne pas appeler. Je lui en veux de m'offrir une version qui pourrait m'enlever ma colère, me refourguer une once d'espérance insensée. Version tellement improbable, de plus.

Superstitieuse : je n'aurais peut-être pas dû donner ses chaussons, comme si cela pouvait le faire mourir. Cette idée m'est atroce. Je l'ai donc tant aimé ?

Dans un mois, dans un an… Sans que jamais *Titus puisse voir Bérénice.*

22 heures. Tout à l'heure, coup de téléphone. Une seconde croire encore que c'est

lui. C'était Eric. Ne pas pouvoir croire à l'absence. Surtout parce que je suis passée de la présence à l'absence sans aucun signe tangible (même chose pour ma mère morte subitement — mais je pouvais me rappeler son corps, à la morgue). Je comprends que les familles de disparus ne croient jamais à leur mort.

Vendredi 17

Réveil blême dans la nuit. Effort pour éviter de penser à lui, en vain. Désir immédiat de passer un test de détection du sida. Comme un désir de mort et d'amour, « il m'aurait au moins laissé cela ».

Accueillir toute la vie, comme je l'ai toujours fait, comme c'est dur, tellement plus que se protéger pour garder le pouvoir d'écrire. (Mais, dans ce cas, écrire quoi, qui soit vrai et juste ?)

Entre dix heures et onze heures, je relève les adresses de voyantes sur Minitel. Puis je renonce, je préfère ne rien *prévoir* car, naturellement, je ne pourrai oublier ce qui sera dit. Je ne pourrais m'empêcher d'*y croire*. L'horoscope stupide du Minitel pour cette semaine a suffi pour me dégriser.

Rêvé d'un très beau chat noir posé sur mes écritures, et d'autre chose dont je ne me souviens pas. Si : dans une sorte d'école, chapelle, comme à Saint-Michel d'Yvetot, des élèves qui étudient mes livres me disent que le passé composé est dépassé, qu'on doit écrire au présent ou au passé simple. Je leur réponds : « Comment racontez-vous ce que vous avez fait hier ? J'écris au passé composé parce qu'on parle au passé composé. »

Samedi 18

La survie est atroce. Réveillée par un coup de téléphone, une erreur, une femme, dans un accent étrange. Tant qu'on vit, on espère, même le plus fou. Rêvé de Nicole, d'une autre fille, et de mon père, assez jeune et révolté par les livres que nous lisons, érotiques et crus. Il s'agit sans doute d'Œdipe.

Tout mon problème : combien de temps cet état va-t-il durer ? La seule comparaison serait avec la mort de ma mère. C'est le livre sur elle qui m'a sauvée. Ici, je n'ai pas le *droit* d'écrire sur lui. Mais par beaucoup d'aspects, je *revis* octobre-novembre 82, la même conjonction du livre à écrire et de la perte.

Il y a des moments où mon angoisse s'efface, j'ai sommeil comme si je n'avais pas dormi depuis Leningrad. Puis revient cette pensée à propos de n'importe quoi : ce n'est plus la peine de nettoyer ceci ou cela, d'acheter des pistaches et du saumon, etc. Et : peut-être ne reviendra-t-il jamais dans ce bureau, cette chambre, où nous avons tant fait l'amour. J'oublierai son visage. Déjà un châle blanc acheté hier, qu'il ne verra pas. Ou il reviendra, il ne parlera plus jamais de Staline, il aura grossi et il boira davantage de whisky, il y aura des petits vaisseaux rouges sur ses pommettes. Et moi ? Ici, l'engagement pris devant lui : je vais essayer de ne pas vieillir. Rester toujours à cinquante-sept kilos. Fil d'or ou autres moyens de tricher, si les rides s'accentuent. Je sais qu'il ne m'a pas aimée autant que je l'ai fait, mais c'est à cause de lui, pour lui, que je voudrais écrire un très beau livre.

Dimanche 19

Sentiment d'une intense bouffonnerie en regardant *Phèdre*, hier, dont une comédienne jouait tous les rôles (Claude Degliame). Cette représentation stylisée, hyper-chorégraphique, esthétique, de la douleur de l'amour n'était pas la mienne. Le texte, seul, nu, de Racine, l'est davantage.

Rêvé d'un voyage en Turquie, en préparation : sans doute le transfert de mon désir d'un voyage en URSS. Dans le rêve, j'essaie de revendre le collier de perles qui provient de la grand-mère de mon ex-mari. Puis j'essaie de rejoindre une route, plusieurs fois de suite je me trompe. J'arrive sur une voie de chemin de fer, que certains traversent, mais c'est très dangereux (est-ce en relation avec la fin d'*Anna Karenine* ?). Je rebrousse chemin, un détour assez long pour reprendre le chemin correct (mais j'étais capable de me rappeler où commençait l'*erreur* de route). Le bon chemin est surplombé par la voie ferrée.

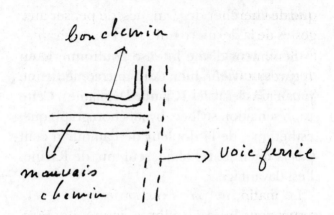

Une grâce m'est tout de même donnée : je ne rêve pas de S.

Je m'aperçois avec étonnement que j'ai complètement oublié des événements de 89, ainsi, que je suis allée voir des pièces de Molière au théâtre de Cergy. Sylvie me l'a rappelé et il m'est impossible de dater ces représentations. J'ai été figurante dans ma vie toute cette année.

Comme la plupart des femmes, je vais refaire mes courses posément, m'intéresser aux films qui sortent, aux livres, regarder les fleurs percer en janvier, février. Est-ce *mieux* que de chercher des fringues, de penser aux gestes de la dernière nuit, rêver aux suivants, avoir le cœur serré d'attente… Non, sans doute, sinon je n'aurais pas regretté Rome et Venise 63 durant des années.

Lundi 20

Le matin, ne pas avoir envie de se lever, rester dans les draps, lovée, immobile. Puis le mal au ventre. Les lueurs désolantes, tous les souvenirs qui me font penser que S. était don Juan. Pas les pires. D'autres : la volonté de ne laisser aucune trace (ni photo ni objet à lui en partant), la peur que notre liaison se sache.

Sentiment de ma médiocrité, mon absence de courage général, particulièrement pour écrire.

Mercredi 22

Hier soir, images de la guerre russo-alle-
mande, dans l'émission *De Nuremberg à Nuremberg*. Leningrad 1941, l'affolant courage soviétique, la résistance quasi mystique. « Mon
père a été décoré par Staline. » Ma souffrance
d'avoir connu et perdu un monde, d'avoir
entrevu quelque chose d'inconcevable auparavant, parce que cela ne s'était pas encore
incarné dans un visage, des mots, des mains :
l'idéal communiste soulevant les hommes et
les femmes à Leningrad, à Stalingrad,
transmis à ce fils blond aux yeux verts, qui n'a
pas conscience de trahir quoi que ce soit en
aspirant aux cravates Guy Laroche et aux costumes Saint Laurent.

Vendredi 24

Dix-huit jours que je l'ai vu pour la dernière fois. Pas encore dépassé le maximum,
qui était vingt-quatre jours, en avril et septembre. Mais plus aucune attente, le compte
des jours n'a plus de sens. Un jour, cela fera

deux, trois, six mois que je l'aurai vu. Un jour, en tirant les doubles rideaux de mon bureau, je ne penserai plus, comme chaque soir, que lors de notre dernière rencontre il avait voulu les tirer lui-même. Moi : « C'est difficile… » Lui : « Je peux le faire ! »

Rêvé d'un voyage en voiture. Il y a Irène S. (l'URSS, toujours), un chien (à cause du prix du livre de jeunesse décerné à *Chien bleu* de Nadja ?). Pourtant je vis. Je pense parfois que je serais capable de coucher avec un autre homme (sans que je connaisse — ou veuille connaître — les mobiles profonds de cette attitude : la douleur, la certitude de ne plus jamais revoir S., la peur de vieillir, le désir d'homme, habituel et renaissant).

De plus en plus la noire impression — même pas, juste désolante — qu'il ne m'a pas appelée avant son départ par indifférence, et par-dessus tout pour ne pas faire face à ma demande : que vas-tu me laisser en souvenir ? (la photo que je lui réclamais)

Dimanche 26

Je rêve encore, cette fois aux retrouvailles à Moscou, plus belles qu'elles ne seraient en France. Au fond, tout derrière le rêve, l'intuition que cela n'aura jamais lieu, et la force de celle-ci, je la vois dans le fait que je m'accroche à mon projet d'écriture, que je ne *souhaite* pas vraiment faire un voyage à Moscou qui me prendrait du temps. Parce que pour S., je n'ai été qu'une histoire gratifiante, fermée depuis longtemps, et qui survivait. Mais le désir d'écrire, de *faire*, me pousse peut-être à préférer cette version sans espoir.

Lundi 27

Trois semaines. Je suis maintenant dans la tristesse, non la douleur. Tristesse de l'absence d'espoir, du travail à accomplir, du temps qui me fait seulement vieillir, sans contrepartie de plaisir. Battements de cœur, dégoût le matin. Rêves nombreux, dont l'un concerne la venue de mon ex-belle-famille.

Dans le rêve, je suis encore mariée, je reçois Maurice, sa femme, Pierre, ma belle-mère. J'ai peur d'avoir vieilli parce qu'il y a long-temps que je ne les ai vus. Je m'aperçois que je suis affreusement habillée, pull rose vieillot, etc. Scène avec mon mari, je refuse de faire des haricots verts si tout le monde ne se met à l'épluchage. Résumé de mes ran-cœurs ménagères. Au réveil, douleur de ce temps perdu avec mon mari, dix-huit ans...

Mardi 28

Toujours, le réveil avec une journée sans espérance. J'entends une chanson qui, autrefois, m'avait laissée de glace, « Oui, c'est moi, Jérôme, non je n'ai pas changé / Je suis toujours celui qui t'a aimée... » (Qui chante ? Claude François ?) Je pleure dans mon petit déjeuner parce que cela parle de retour. Maintenant, je vois presque tou-jours S., en pensée, grand, doux et nu, c'est-à-dire tel que je m'en fixais l'image lors de nos rencontres. Je ne crois pas qu'il ait oublié tout, la splendeur érotique de certains jours. Mais cela ne me console de rien, tout débouche au contraire sur cette absence qu'est le souvenir. Seul moment de réaction positive, me voir encore bandante (textuellement bandante pour le photographe d'hier), telle que m'a vue S. en me quittant, dans cet ensemble noir qu'à cause de lui je voudrais toujours porter. Songé à mes seize ans, avril 57, le facteur me donnant une lettre de G. de V. dans la rue, le bonheur fou, et pourtant je ne l'ai jamais revu. (Symétrie entre cette lettre et le « signe » qu'on pourrait me donner de S., après-demain, au cinéma soviétique, mais qu'on ne me donnera pas.)

Décembre
Vendredi 1er

Voici le premier mois sans espoir. Je suis allée voir *Ville zéro* à l'ambassade. Je suis dans un état *blanc*, sans douleur, sans nostalgie. Pour la première fois je vois réellement le film. Évidence : ne pas me dire au revoir pour éviter toute demande de ma part et parce que, déjà, je ne comptais plus que comme souvenir (agréable, je crois) pour lui. Je suis une place vide. Sans signe de vie, je ne saurais l'attendre. Désir de vivre une petite histoire distractive, rien que distractive, pour oublier (achat symptomatique de préservatifs). Rêve de cartes postales écrites pour refuser un rendez-vous (à qui ?), recommencées trois fois. L'une est trop brève, sèche. La seconde prend pour excuse la mort de ma mère, puis « le deuil d'une personne de ma famille », bien que cela me déplaise, superstitieuse. En rapport avec mon hésitation pour mon livre.

Samedi 2

Ne pas relire mon journal, car c'est l'horreur. Cette douleur écrite, cette attente, c'était toujours l'espérance, toujours la vie. (Je pleure, ici.) Maintenant, cette douleur même n'est plus possible, il n'y a que le vide devant moi. La *terreur sans nom* ou le vide, quel choix !

Dimanche 3

Rêves tourmentés. J'ai une aventure avec un homme jeune, je suis jalouse, je le quitte sur une route, aussitôt je le vois partir bras dessus, bras dessous avec une fille, veste rouge, jupe bleue. Amertume. Tous les matins, la difficulté de me lever, l'oubli à réapprendre. Tous les couples que je vois s'embrasser me serrent le cœur. Je ne vois plus dans cette histoire que la liaison avec un apparatchik, amoureux un mois ou deux de moi très fortement, puis habitué, et n'ayant comme souci que cela ne se sache pas pour sa carrière. À quoi me servirait de songer à d'autres « signes » de cette vérité, écrits ici même en octobre. Ce silence total qui sera le sien, pour toujours ou pour des années, me mènera plus sûrement que tout à l'oubli, seule consolation.

Sommet de Malte. Dans cinq ans, que sera l'Est ? La RFA-RDA réunies ? L'URSS, l'URSS… Comment faire pour ne pas avoir la tête et le cœur dans ce pays, à Moscou. Ce cri qu'on adressait aux communistes, « À Moscou ! ».

Le jeu de mots, « Moscou pas comme ça ! »...

Mercredi 6

L'amour étouffant du PCF pour les écrivains. Stratégie d'encerclement, et sûrement ensuite on en meurt socialement en devenant l'« écrivain communiste ». Je n'aime que l'URSS et pas le PCF, naturellement. Un mois juste que j'allais voir S. pour la dernière fois. La façon qu'il a eue de partir sans adieu augurait de l'avenir : plus aucun signe de vie, avant un hypothétique retour en Occident. De toute manière, il ne pourrait m'appeler au téléphone que *victorieux,* gagnant (tel ou tel poste prestigieux).

Jeudi 7

Rêvé que j'allais passer Noël en URSS, dans une petite ville que je ne situe pas. En rapport avec la proposition de la Maison des Écrivains d'aller passer six mois à... Dieppe !

J'ai l'adresse de la VAAP, à Moscou, mais j'ai renoncé à envoyer à S. un livre par ce biais, pour Noël. Le mieux, par orgueil ou lucidité, est de me faire oublier, de ne pas laisser croire que je puisse l'atteindre contre son gré. S., très ami de Tchetverikov, le président de la VAAP, diplomate renvoyé par Mitterrand en 83, comme appartenant au KGB. S., pas lui-même au KGB, me semblait-il (sans preuves, par définition). Dans quelle mesure n'ai-je pas mis sur le compte d'aventures nouvelles avec des femmes ce qui appartenait au contexte politico-diplomatique, toujours secret, de l'Union soviétique. La seule rivale véritable a été sa « carrière », la place difficile à conserver en ces temps de perestroïka.

Samedi 9

Rêvé de neige dans le jardin (peut-être parce que, hier, j'ai appris à dire en russe « la terre est couverte de neige », *sneg*), d'enfants dans un arbre (qu'y font-ils ?) et je dois descendre au garage en sous-sol (le nôtre est à l'extérieur). Je me souviens difficilement des rêves si je ne les mémorise pas volontairement au réveil. Seule reste la neige tombant des sapins par paquets, inquiétant.

Mardi 12

Quand les matins cesseront-ils d'être ce qu'ils sont, une désespérance. Pourtant, avant de me lever, je réussis à imaginer son corps, son visage, avec la plus grande précision, sans souffrir ni désirer : il était *là*, tout à fait *là*, ses yeux enfoncés, indéchiffrables, sa nuque, ses cheveux, la courbe de ses épaules, son sexe, ses poignets et ses mains fortes. Un jour, je ne pourrai même plus effectuer cette opération de la mémoire, aussi complète, parfaite. Sentir même le grain de sa peau, le goût de son sexe, de sa bouche. Écrire cela ici me bouleverse, alors que je pouvais le penser ce matin sans douleur.

Combien de temps encore, chaque matin, vais-je *sacrifier* à ma passion, c'est-à-dire ne pas pouvoir commencer la journée sans souffrance ?

Jeudi 14

Bouffées de S., apparaissant continuellement, larmes subites, c'est très dur encore, un mois après. Bien entendu, aucun espoir et pourtant écrire cela signifie que j'en ai, très follement (bien que la raison, l'observation des derniers mois de notre relation montrent que son départ devait marquer l'exacte fin de notre relation). Lorsqu'il aura de nouveau une situation stable, et de préférence en progrès par rapport à la précédente, il songera peut-être à m'appeler.

Vendredi 15

Presque un mois, vision de plus en plus froide de ce que j'ai été pour lui. Toujours la même histoire, savoir, *au fond*, ce qu'il en est, l'écrire même, ici, et cependant ne pas croire, ou refuser la vérité. Les scènes qui m'ont alertée, brièvement, au cours de l'année, reviennent : son visage et son sourire, à l'hôtel Rossia, le premier jour, j'avais eu l'impression qu'il voulait m'embrasser, alors qu'il ne me connaissait pas, donc très coureur... À France-URSS, en novembre 88, lorsqu'il est reparti avec une flopée de filles de l'ambassade, son air faux alors.

Je dors de plus en plus mal, rêves : un train russe, dont « on pourrait descendre » mais « au péril de la vie », j'y retrouve S., nu. Mais il ne se passe rien, c'est bref, ou je me réveille. Rêvé aussi d'une pièce de théâtre dont je lis le compte-rendu critique, très mauvais. Il s'agit d'un spectacle monté d'après un texte sur un adolescent, paru dans *Je bouquine*. Ce titre est très clair dans mon rêve.

Mercredi 20

Passé un week-end, un lundi, irritants. Frustration, surtout, sentiment de nullité profonde. D.S. est à Moscou, et de plus proférant son habituel discours sur les « valeurs » menacées, le rôle des intellectuels, etc. Discours auquel je me propose de répondre et je ne le fais pas. Elle sera sans doute choisie comme membre du jury Renaudot, mais même si je ne désirais pas, au fond, être choisie, que je sais que c'est mieux pour moi de ne pas l'être, la vieille jalousie d'enfant unique ressort.

Rêvé de S. et de sa femme. (Il est imprudent dans ses manifestations de connivence avec moi.)

Je suis fatiguée, douleurs aux bras, aux côtes (pour avoir porté un tapis trop lourd) et encore incertaine pour la *voie* de mon livre.

La souffrance de S. est juste tapie. Relire une page d'octobre, novembre, de ce journal, me fait pleurer de douleur. Je suis réellement au-dessous de la littérature en ce moment. J'espère, je crois *possible*, qu'il m'envoie ses vœux de bonne année, sans me donner son adresse, et je suis en train de répondre dans ma tête à une lettre que je n'ai pas reçue.

Jeudi 21

Rêvé de S. à Yvetot, le petit déjeuner dans
la cuisine. Je lui fais une tartine et je lui
demande si sa femme fait de même : oui. Je
l'embrasse et le caresse, il a envie de moi,
nous montons dans ma chambre. Ma mère
est là, dans la « petite chambre » en haut de
l'escalier, à se laver. Mécontentement de S.,
qui doit passer devant elle pour me suivre
dans ma chambre. Toujours ce lieu. Réveil
dur, évidemment.

Vendredi 22

Je dors mal, je n'ai envie de rien. Le matin,
monde sans but, difficultés pour écrire. Parfois, certains souvenirs de S. me semblent
très proches, et ce qui s'est passé en même
temps aussi : le tremblement de terre en
Arménie, la visite de Micheline V. chez moi,
en novembre ou décembre 88. Mais quand
je « revois » juillet-août 88, le déjeuner avec
Christiane B., Annie M. ou la rédaction de

mon article pour le *Dictionnaire* de Garcin, je
sens comme le temps a passé.

Jeudi 28

Au-dessous de tout, même du souvenir. S.
n'est plus qu'une traînée de souffrance, la
douleur de la disparition définitive. Tout me
fait horreur, les futurs cours de Vanves à pré-
parer, la perspective d'écrire. Il n'y a rien
devant moi. Vacances de Noël épouvantables. Je rêve de la Roumanie, comme si
commençait là un cauchemar européen. Ce
sont les années 78-80 qui me reprennent,
mais je n'ai plus comme alors à me libérer de
rien. Et je préférerais changer l'ordre du
monde plutôt que mes désirs, tout est là.
Désir inutile, pourtant, tellement inutile.
Même recevoir ses vœux, je n'y crois plus.

Depuis le 15 novembre, je n'ai plus eu
aucune joie. Il n'y a eu aucun signe qui brille
devant moi. J'ai envie de dormir constamment, après des jours d'insomnie. Je n'arrive
pas à *croire* qu'il soit parti sans un adieu. « Ne
rien tenter, ne rien espérer », je cherchais

dans quelle pièce j'avais entendu cela. Ce n'est pas dans une pièce, c'est dans le jeu de tarots, pour je ne sais plus quelle carte, la Maison-Dieu, je crois.

En même temps, j'ai envie d'une autre existence, de voyager, de faire des rencontres, de plonger dans le « vrai » monde, non celui que je fréquente, fait uniquement de paroles. Comme jadis, à Yvetot, je ne veux pas « vieillir dans cette chambre ». Aujourd'hui, ce n'est plus une chambre, mais un bureau, face à un jardin.

Samedi 30

Brume rappelant les derniers mois de 79, dix ans. Ma mère à l'hôpital, et l'année qui est venue ensuite ne m'a laissé que des souvenirs sans relief, voire tristement ennuyés (vacances d'Espagne). Rêvé l'autre jour du pavé de Leningrad, que j'ai ramassé l'année dernière au bord de la Neva. Souvenirs d'URSS...

Je classe et je jette des papiers concernant ma mère et je vois combien j'ai été obsédée, affectée par ses dernières années, sa mort. Je n'ai jamais la mémoire des douleurs passées, si bien que je vis chaque fois les nouvelles sur le mode de la déréliction. De même, tout ce que je fais ne m'apparaît bien, beau, qu'au passé. Mon texte d'octobre sur le Québec me semble bon et je me crois incapable d'en produire un semblable en ce moment.

Je me sens à un tournant, mais de quoi, je ne sais pas.

Dimanche 31

Rêvé d'une vieille femme. Je cherche une chambre dans une pâtisserie, on m'indique une autre maison où je pourrai en trouver une, en passant par une rue minuscule. C'est un cul-de-sac, avec des balais, des objets d'arrière-cour. Je repars en voiture. Un énorme pneu traverse la place, je n'ai pas été atteinte. Rêves en relation avec ma vie difficile.

Tout ce que j'avais souhaité le 1er janvier 89 s'est à peu près réalisé, seulement, le prix m'en était encore inconnu.

334

1990

Janvier
Lundi 1ᵉʳ

Est-ce que, comme en 60, 70, 80 (à un moindre degré, encore que mon divorce était en cours de programmation intérieure), 90 modifiera ma vie ? Me poser la question est en exprimer le désir. Mais l'inconnu, le bouleversement non maîtrisable ne m'inspirent pas outre mesure.

Souhaits qui, s'ils se réalisent, suffisent à me penser comblée. Le premier, parce que sans lui je ne peux pas vivre vraiment : m'engager, dès janvier, dans un livre, ce que j'ai commencé, ou un autre, après y avoir réfléchi. Le second, avoir des nouvelles de S., *dès janvier*, le revoir en cette année 90, à l'Est ou à l'Ouest. Au fond, le plus grand bonheur serait une coïncidence entre l'amour et l'Histoire, une (r)évolution soviétique où nous pourrions nous retrouver, suivant le mythe d'*Autant en emporte le vent* qui aura, à mon insu, formé ma vision des sentiments avant l'âge de dix ans, pour toujours. Cela est si beau à désirer, imaginer, que je n'arrive pas à souhaiter une nouvelle histoire avec un homme qui ne serait ni russe ni blond aux yeux verts.

Brume, journée familiale en perspective. Quelle évolution de l'Histoire dans ces dix ans à venir (jusqu'ici, jamais on ne parlait de décennie, l'horizon s'est élargi). Dans ma vie personnelle, ce sont les années où il faudra *tenir* (contre la dégradation physique) et confirmer (l'écriture).

J'oubliais, ce grand désir de retourner en URSS, pour une « mission ».

Mercredi 3

Rêve : j'ai un examen à passer, en même temps que mes fils. Impression de ne rien savoir. Je prends la 4 CV de mes parents, ma mère est à côté de moi, je conduis. Un gendarme me siffle, impression d'avoir brûlé un feu rouge. En fait, il ne veut pas me laisser partir à cause de l'état de la voiture. Horreur, parce que je ne vais pas pouvoir passer l'examen. Interprétation douteuse : je voulais réussir mes études à cause de ma mère, la Loi. Et puis ? Lié à mon livre, encore hésitant ?

Dimanche 7

Que faire encore du souvenir de tant de *beauté*, le mot que j'ai employé en rentrant de Moscou, en septembre 88 ? Ce soir, je me suis souvenue du sari que j'avais mis en août. Je l'ai déplié : sur la soie, les marques de l'amour de ce jour-là. L'absence même. Je n'ai aucun courage, aucune envie. Le livre que je veux écrire ne s'impose pas, affaire non nouvelle, mais ici il y a *l'autre* histoire, la réelle, qui est encore en moi, dont je ne peux pas parler.

Mardi 9

Mourir de ne pas mourir, pour la première fois, je comprends le sens de ces mots. La seule chose qui me permettrait — du moins je le crois, sans preuves — de travailler vraiment, sans avoir l'impression chaque matin de devoir réapprendre à vivre et à travailler, serait la certitude de revoir S., donc un signe de lui.

J'ai le sentiment, en ce moment, de naviguer entre des velléités, des désirs, dont aucun ne me plaît au bout de quelques minutes, ou jours, après un début d'exécution (livres commencés, voyage prévu à Abu Dhabi).

Mercredi 10

Lundi, vu A.M. Je n'aime pas les conversations dites « intellectuelles », en fait, tellement remplies d'idéologie, de croyances, qu'elles sont infiniment plus fausses que les conversations banales du genre, « c'est dur de quitter un appart où l'on se plaît », que tout ce qui joue sur les sentiments, sur l'expérience.

Rêvé d'un Russe (ce n'est pas S.), avec qui je commence d'avoir une relation tendre (mais il lui ressemble !) et aussi de Pouilly-sur-Loire. Et il y a maintenant plus de *deux mois* que S. a disparu de ma vie.

Jeudi 11

Il fait beau, et je peux pour la première fois réécouter les cassettes de l'été, la « Lambada », « San Francisco » et même « Le bal chez Temporel », pendant que je roule en voiture dans la ville nouvelle. Je sens comme j'aimais le monde alors que S. était, comme on dit, « dans ma vie ». Ce retour en arrière ne me fait pas souffrir : déjà, peut-être, je le revois comme je le voyais au début, histoire belle et surprenante, non douloureuse. Je sais que ces chansons resteront liées à lui, mais sous la forme, habituelle pour moi, de l'art : émotion et distance, émotion heureuse, à cause de la distance.

Samedi 13

Rêves : un hôtel où l'on exige que nous partions plus tôt que douze heures. La femme de ménage m'oblige à faire ma valise : long, de tout rassembler. Quel sens, cette valise, le passé récent ou plus lointain ? Auparavant, un rêve plus traumatisant : je suis grimpée en haut de je ne sais quoi et il y a un pistolet braqué (par qui ? mon mari ?) pour me tuer. Mais cela se passe dans le début des années 80 (dans le rêve, je sais que je *revis* une situation passée, très étrange).

Lundi 15

Rêves rapides, emmêlés. Il y a des cours que je suis, comme si tout était à repasser, des examens. Je retrouve G.D. (Est-ce que je ne la méprisais pas un peu, au fond, si femme-enfant...) Rêve plus net : se passe dans la villa des L., si admirée quand j'étais enfant, rue du Clos-des-Parts. Je mange au-dehors avec une fille (qui ? Lydie ?) et mon ex-mari, devenu gros, laid, méconnaissable. Un énorme camion passe, le conducteur regarde, s'arrête, me demande si je le reconnais. Non. Dujardin, de Lillebonne. Lui m'a reconnue. Il n'est pas plus âgé que moi, ce nom ne m'évoque rien (cela est en relation avec mon livre). Puis, une autre maison, il y a le « charmant jeune homme », B. et son amie ? Atmosphère érotique de frôlements. Évidemment, puisque je me demande toujours ce qui l'attire et qu'en août 88 il m'avait fait assez rêver. Mais le temps est passé, il y a eu S. Vendredi dernier, dans la souffrance de la séance de stomatologie, à l'hôpital, penser — pour supporter — à S., quand j'embrassais son sexe. Larmes, ici, à penser, seulement penser, à cela. Même ma douleur de novembre, pourtant inouïe, me paraît préférable à maintenant.

Mardi 16

Puisque je n'ai plus rien d'autre à écrire dans ce journal que des rêves : histoire d'autocar, de visite dans un endroit « péda-gogique », flou. L'essentiel : j'ai perdu mon sac — combien de fois ai-je perdu mon sac en rêve depuis dix ans... Signe pur de malaise, inquiétude, non signe de peur de perdre ma féminité, cliché psychanalytique.

Si je revois S. avant le 1er juillet, j'irai à Padoue. Les vœux me font vivre et ils n'ont pas le danger des voyantes, trop réelles, et qui parlent. Nulle parole ne s'oublie. Toute est principe d'action.

Jeudi 18

Rêves nombreux, dont l'un atroce. Une femme excitée arrive au bord d'une rivière avec beaucoup d'enfants, dont l'un qu'elle tient par une longue corde. Ce dernier, qui marche à peine, entre dans l'eau, les autres aussi. Elle ne cesse de crier que ces enfants sont insupportables, je m'aperçois que l'enfant à la corde est en train de se noyer, une autre petite fille est cognée par un rocher. Et — c'est le plus affreux — dans la transparence de l'eau, on aperçoit un enfant flottant. Cette femme répète toujours que ce n'est pas sa faute. J'ai bien peur que cette femme ne représente ma mère (j'avais l'impression qu'elle me laisserait mourir) et moi-même (peur que mes enfants meurent, mon avortement).

Autre rêve, en Union soviétique, dans une chambre d'hôtel. Un homme entre, comme si c'était sa chambre, en ressort. Je stocke des crêpes, du pain de céréales, j'en ai trop. Avec des jumelles, je regarde des gens qui dansent, ou protestent, dans la rue. Rêve encore, d'une maison, plus belle que celle-ci. Dans une chambre, il y a deux fenêtres.

Cet après-midi, je pars pour Marseille, comme en octobre 88, mais il n'y a plus ni désir ni souffrance. Hier, un éclair, la jalousie « posthume » : Marie R. veut me voir et je pense que c'est pour me dire qu'elle a couché avec S. Tout me prouverait, raisonnablement, le contraire, et pourtant je suis alors submergée de douleur. Le 2 février, date de cette rencontre à laquelle elle semble tenir, m'angoisse.

Vendredi 19

Dans le train, retour de Marseille, lire un passage du livre de Calvino *Si par une nuit d'hiver un voyageur*, le passage du « livre japonais, sur un tapis de feuilles », etc., me remplit brusquement d'une flambée de désir, envie de faire l'amour, inouïe, alors que, depuis le départ de S., je suis quasiment gelée. C'est à pleurer, de souvenirs, de manque, de douceur enfuie. Perdre un homme, c'est vieillir d'un seul coup de plusieurs années, vieillir d'un seul coup de tout ce temps qui ne passait pas, quand il était là, et des années à venir, imaginées. Ce désir signifie aussi que je serais prête à retomber dans la même *favola*, peut-être, pour quelqu'un d'autre.

Mercredi 24

J'irai demain au cinéma de l'ambassade pour, peut-être, avoir des nouvelles de S. L'espoir fou renaît quelquefois : qu'il soit par exemple « muté » près de la France. Je crois, alors, qu'il m'appellerait, sinon, la vie, les relations humaines seraient vraiment une chose atroce : tout de même, il venait ici, il disait quelquefois « je t'aime », il me désirait beaucoup… Mais je lui « donne » jusqu'à mon voyage à Abu Dhabi, après, je forcerai l'oubli d'une manière ou d'une autre, s'il ne m'a pas fourni un signe de vie. Car, maintenant que le temps est vide, il passe vertigineusement. J'écris de plus en plus lentement, dix lignes en deux jours.

Vendredi 26

Cinéma soviétique, à l'ambassade. Pas de nouvelles, un film de 1956, sur des luttes dans un *rayon* des kolkhozes. Le comprendre, lui, S., serait comprendre aussi cela, ces femmes en fichu à l'époque où je dansais le rock'n roll, l'organisation communiste, etc. Ce lieu, l'ambassade, me vient — devient — chaque fois, un peu plus étranger, étrange. Mais, cette nuit, penser encore et toujours à son corps, à ses yeux.

Ici, j'attends une prof journaliste, Hélène S. Je me rappelle mes attentes de S., l'après-midi — c'est encore l'horreur, à pleurer.

Lundi 29

Le pire, c'est de continuer à attendre alors qu'il n'y a plus rien à attendre. De plus, je dispose d'un temps fou, dont je ne fais pas grand-chose, c'est-à-dire que je ne suis pas sûre d'être dans la bonne voie, ou plutôt *voix*. Et, en plus, crainte de ne pas avoir assez d'argent si je ne publie pas en 91, au pire 92.

Mercredi 31

Demain, février. Chaque début de mois, chaque 15 du mois — comme pour les inté-rêts à la caisse d'épargne — j'attends confu-sément le signe que S. est revenu en Occi-dent, m'appelle. Bientôt trois mois. Comme je guéris peu, comme tout est lent et nul, même écrire, quoique le moins pire.

Je relis le journal d'octobre-novembre, tant de choses oubliées déjà. Cette si belle phrase de Borges, « Des siècles de siècles, et c'est seulement dans le présent que les faits se produisent ; des hommes innombrables dans les airs, sur terre et sur mer, et tout ce qui se passe réellement, c'est ce qui m'arrive à moi. » J'ai su cela, dans la plus grande intensité qui soit. Le présent, « qu'est-ce que le présent ? » tout cet été. Moi, moi… L'évidence pourtant.

J'écris d'un lieu horrifié — juin 52.

Février
Jeudi 1er

Soleil, tout est doré, bleu, doux. Des oiseaux sifflent et brutalement, c'est la même tristesse qu'à l'adolescence. Il faudrait sans doute dire un jour combien une femme de quarante-huit à cinquante-deux ans se sent proche de son adolescence. Les mêmes attentes, les mêmes désirs, mais au lieu d'aller vers l'été, on va vers l'hiver. Mais on « connaît la vie » ! Si mal. Juste quelques petits moyens pour ne pas autant souffrir. Je rencontre ce soir le « charmant jeune homme » sans aucune idée autre que le plaisir — et encore — de me trouver avec un garçon assez joli. Le désir de S. me remplit encore complètement, avec une atroce précision.

Vendredi 2

Journée « milieu littéraire », sentiment d'impureté, d'écœurement, dont les sources me sont difficiles à définir. Complaisance à propos de Kundera, mais ces jeux ont de l'importance sur l'histoire littéraire, car les gens, les profs en particulier, admirent ce qu'on leur propose avec tant d'autorité, d'encensement collectif. Ce ne sont pas des jeux anodins. L'écriture est décidément toujours une morale pour moi. Sentiment très fort que la passion, comme celle que j'ai eue pour S., et l'écriture sont des valeurs imprescriptibles, avec l'idée de *pureté* qui leur est attachée, de beauté. J'avais oublié, l'année dernière, mes dégoûts d'avant dans ce milieu, traversant alors tout cela avec ma passion.

Lundi 5

Rêvé de ma mère, vivante, et allant à peu près bien malgré sa « maladie ». Elle a acheté des chaussures un peu trop fines, elle marche mal avec. Elle raconte une histoire, qu'elle n'arrive pas à rendre cohérente. Néanmoins son état, comparé à celui de ma belle-mère (elle, réellement vivante et atteinte aussi d'Alzheimer), est satisfaisant. Le rêve, ce rêve, me donne le sentiment que le temps est réversible : je pensais *à la fois* que ma mère avait été morte, puis était revenue, seulement malade, et à nouveau plongée dans le temps, par définition indéterminé.

Je dors très mal. Dans mon insomnie, je *revois* S., volontairement. Cette nuit, en bas, de dos, lorsqu'il réglait la télé, vêtu de mon peignoir. Son corps m'est toujours imaginable, je peux le sentir, pouce de peau par pouce de peau. Je pensais que c'était effrayant et que la folie n'était rien d'autre que de finir par voir réellement ce que, jusqu'alors, je ne fais qu'imaginer. Pensé aussi beaucoup à ce « charmant jeune homme », tant je vois les jours fuir.

Mercredi 7

Sortir de la douleur du matin, non, je n'en suis pas encore là. Rêvé de S., que je revoyais en Pologne, je crois. Je vis en dehors des hommes, je veux dire, de l'univers masculin, et c'est comme si j'étais complètement hors du monde. Chaque jour, il faut que je réinvente mon emploi du temps, que je me persuade d'écrire. L'avenir ne signifie plus.

Samedi 10

J'essaie de me persuader — sans trop de mal — qu'une aventure avec B., le « charmant jeune homme », serait agréable. Mais c'est plutôt affaire de tête, il n'existe pas pour moi et il est rare que je désire deux fois le même homme. Il l'ignore, mais il a été une occasion ratée en août 88. Rien que l'idée d'envoyer à S. une carte postale d'Abu Dhabi ou de Dubaï — qu'il ne recevra peut-être pas, d'ailleurs — me redonne un but absurde dans la vie. Il aura été pour moi une telle source de rêve et de douleur que je ne peux *renoncer* facilement à lui, ou plutôt à son image, son souvenir. Je ne pourrais faire des avances à B. qu'ivre.

Lundi 12

Françoise Verny, hier soir, dit sur FR3 qu'elle n'a qu'un regret, celui de ne pas m'avoir prise chez Grasset (en 74 ?). Dans ce Divan d'Henri Chapier, elle ne cite que B.H. Lévy et moi (rapprochement détestable, mais éloigné dans les propos de Verny. De plus, celle-ci se vante d'avoir découvert B.H.L., moi elle me regrette, je préfère cette situation). Satisfaction de vanité, mais F. Verny est quelqu'un de très intelligent et le type de femme que j'estime infiniment. À Apostrophes, en 88, où tous la fuyaient — ces intel-

lectuels, petits-bourgeois très clean finalement —, j'ai eu une grande sympathie pour
elle, soûle et superbe. En même temps,
quand j'entends cela, ces appréciations élo-
gieuses, impression qu'il s'agit d'une autre
femme, plus talentueuse, plus tout, que
moi : une sorte d'idéal, la voix que j'entendais à Lillebonne, depuis la fenêtre de la
chambre, dont je ne savais pas que c'était
l'écho de la mienne. Et moi je me traîne au-
dessous de cette voix, de cette femme qui
n'existe pas, une image à laquelle j'ai aspiré
et que je n'atteindrai jamais.

L'impression de n'aller à Abu Dhabi que
pour envoyer à S. une carte postale : « Amical
souvenir. »

Vu ce soir *Allemagne mère blafarde*. Je me
suis toujours doutée que ce film me parle-
rait. La beauté, la vérité d'un film, d'un livre
existent rarement sans que soient pris en
compte le temps, l'Histoire, le changement
de l'homme dans et par l'Histoire. Film terrible et superbe. Et le titre, encore une mer-

veilleuse coïncidence, est tiré d'un poème de Bertolt Brecht.

Vie et destin, un si grand livre, *Allemagne mère blafarde,* un si grand film. Et moi, qu'est-ce que j'écris ?

Jeudi 15

Insomnie, ensuite vagues rêves, menaçants. Route de Saint-Satur, au moment où j'arrive sur le pont, celui-ci est barré, juste la place pour faire demi-tour, très au ras de l'eau. Je vais dans un café étrange, genre petit salon. Je rencontre Annie Leclerc (jamais vue), m'étonne de la trouver là, « quel hasard ! », mais elle part un peu plus tard. Ici, dans ma maison, il y a le feu dans les w.-c., c'est Eric qui l'a occasionné. Je propose l'extincteur qui est dans le placard de la cuisine, il a disparu, on soupçonne David. Mais je retrouve l'extincteur. Autre rêve, je conduis dangereusement, mais sans avoir d'accident. Je m'éveille à sept heures, en croyant avoir entendu la sonnerie du téléphone. Impossible de savoir si j'ai rêvé cela ou non.

Je vis mal, par rapport à ce que je devrais faire. Il est clair que chaque sortie, hier à Paris, est réveil de la douleur, du manque, et indifférence à l'écriture. Et je pars dimanche pour Abu Dhabi...

Vendredi 16

Il paraît que le fantasme de S. de Beauvoir était que sa vie, toute sa vie, s'enregistre sur un magnétophone géant. Comme c'est étrange que cette femme, avec tout ce qu'elle a dit sur l'être, la liberté, ait eu ce désir, très plat, nul, car filmer, enregistrer tous les actes d'une vie, les paroles, sûrement serait révélation de quelque chose, vraiment pas de tout. Pour expliquer une vie, il faudrait aussi avoir toutes les influences, les lectures, et encore quelque chose se dérobe, qui n'est pas exposable.

Dans cet intervalle d'une semaine, le hasard a décidé que je parlerais justement de S. de Beauvoir, à Apostrophes. J'ai accepté immédiatement, malgré le délai supplémentaire — par rapport à mon livre — que cela m'impose. C'est un « devoir » pour moi, une sorte d'hommage, de dette plutôt. Sans doute ne serais-je pas ce que je suis, tout à fait, sans elle, l'image qu'elle a été au long de ma jeunesse et de mes premières années de formation (jusqu'à la trentaine). Et cela, qu'elle soit morte huit jours après ma mère, en 86, est forcément un signe supplémentaire. Peur et désir de faire passer quelque chose de bien, une certaine idée de l'action de la littérature.

Que dire des Émirats arabes. Le bonheur du voyage, de voir ce qu'on ne fait qu'imaginer (toujours mal, dans mon cas). Agacement du caractère formaliste de l'ensemble des activités, etc. Mais, bizarrement, et cela depuis longtemps, rien ne m'a pesé. Impossible de passer à l'acte avec l'accompagnateur : il était le sosie de J.F. Josselin ! Je préférais penser au charmant jeune homme. Pourtant, pourtant, la première chose que j'ai faite, le lundi après-midi, dans la chambre — je me vois, assise à la table près de la télé, la lampe à gauche, une glace en face de moi, le bruit de la grande avenue jusqu'au treizième étage, chambre 1314 —, c'est d'envoyer à S. une carte d'Abu Dhabi, via l'ambassade d'URSS en France. « Très amical souvenir depuis le golfe Persique — A. Ernaux. » La recevra-t-il ? Si oui, deux possibilités. Le téléphone. Le silence. Celui-ci pouvant avoir tous les sens : indifférence, refus d'engager à nouveau des rapports, fût-ce les plus lointains — bonheur de ne pas avoir été oublié mais sans désir de se manifester. Cette carte a été écrite pour obtenir un signe, soit d'agacement, soit de mémoire.

Il fait un temps merveilleux, l'été m'a été redonné, le dernier été, quand je m'étendais au soleil, dans l'attente. J'ai senti que déjà tant de temps était passé. L'hiver sans lui s'achève. Ce serait toujours, encore, un si grand bonheur de le revoir.

Parole effroyable de N., mercredi soir :
« Tu n'aimes pas être dominée, comme toutes
les femmes ? » Elle voulait dire, dominée
intellectuellement. C'est là le fossé entre les
femmes, celles qui trouvent juste cette
phrase et les autres.

À l'exposition Filonov, un enregistrement
où il dit : « Quand on éprouve de la difficulté à faire quelque chose, il faut continuer,
c'est en découvrant la solution qu'on fait
vraiment quelque chose de nouveau. »

L'année dernière, j'allais commencer de
vivre douloureusement mon histoire.
L'oubli commence, mais il arrive que j'imagine des retrouvailles et j'en pleure.

Pour la première fois depuis que je vis en
région parisienne, j'ai vu fleurir en février le
prunus (en janvier, le cognassier du Japon)
et le magnolia va éclater. Des violettes à pro-

fusion. Il fait froid (0°) et cela n'est pas arrivé depuis décembre. Est-ce que ma vie est en train de « tourner » ? Plus comme un disque qui change de face que comme une page ? Mais je vois surtout un cadran solaire.

Mardi 6

Les vieilles chansons, « le printemps sans amour, c'est pas le printemps ». Malgré les activités, Apostrophes, la douleur extrême des jours identiques avec cette question, « combien de temps sans aimer un homme ? ». Tout le problème étant que je ne peux pas coucher pour coucher, j'ai besoin du désir vraiment désir, celui que j'avais dans les rues de Leningrad, ce dimanche de septembre, dans la maison de Dostoïevski, aux ballets, et dans cette chambre de l'hôtel Karalia, avec le groupe. Tout est encore vivant, horriblement. Rien de son corps n'est oublié. L'autre nuit, à bout de désespérance, me faire jouir (cela ne m'arrive presque plus jamais) et alors *être* sa jouissance à lui, être lui, brièvement. Parler de S. de Beauvoir, et

de Sartre, ce sera parler de S., même si rien
n'est comparable, qu'objectivement il n'est
qu'un apparatchik russe.

Mercredi 7

Le bonheur du journal de S. de Beauvoir
me fait tellement envie, moi qui, à me relire,
suis plongée dans l'horreur : ainsi, l'an dernier, en mars, c'était la déroute, le dégoût, la
jalousie. Encore là, je vois ce mois avec le
cœur serré. Mais surtout, je me demande
comment, de quelle façon, je pourrais être
un peu *tranquille*. Horreur l'an dernier, tristesse sans forme, cette année, où est le lieu ?
la formule ? Juste dans ces moments où
j'attendais S., où il était là, et nous faisions
l'amour. Guérirai-je de cela ? De cette disparition sans traces. Je corrige *La place* en
anglais. Le jour où il est parti, je faisais la
même chose pour *Une femme*. Quatre mois.
Je pleure, toujours, aux souvenirs. Ce que je
fais, encore, c'est pour lui, et je n'ai même
pas le cœur à le faire : une préface sur le
Tour de France, Apostrophes.

Ce mars-ci ne ressemble pas à 86, mais il est aussi peu « sûr », interruption dans le travail d'écriture, pour raisons extérieures, cette prestation sur S. de Beauvoir (j'ai une indigestion de lettres à Sartre). Énervement du livre de K., présente à Apostrophes. De plus, je m'efforce de radicaliser le travail de deuil concernant S. : je ne fais plus de russe. B., le charmant jeune homme de l'été 88 (deux ans bientôt), passe à la maison jeudi soir, les fantasmes m'ont repris, au point de mal dormir, d'imaginer le possible, plutôt impossible (ne vient-il pas que pour ses « nouvelles », le désir d'être édité ?). Je suis très vulnérable, si physique, pas nouveau, mais de plus en plus depuis sept ans, depuis ma liberté retrouvée. Ces rapports avec lui sont une petite chose bizarre, à Neuilly d'abord, puis dans le café boulevard Saint-Germain — revu deux fois en 89, avec ennui, à cause de S. — une fois il y a un mois, au Pont-Royal, avec plus d'intérêt, même assez.

Quelle suite ? Au téléphone, sa voix un peu tremblante, émue, quelle douceur, mais c'est simplement que je l'impressionne. À moins qu'il n'ait aussi quelque désir qu'il ignore. Avec lui, c'est l'espérance — trop attachante hélas — d'une initiation vague.

Samedi 10

Je me réveille à cinq heures et demie, croyant avoir entendu la sonnerie du téléphone (à mon avis, un rêve) et aussitôt je suis replongée dans l'univers de passion qui était le mien il y a six mois. (Je constate donc que je n'y suis plus autant.) Ensuite, un rêve dans lequel je cours avec une légèreté incroyable, très positif, donc, en descendant des marches espacées, ponctuant une descente vers un parking. Mais ensuite, le rêve affreux, je prends le train à Rouen, pour Paris. Il doit m'arrêter à Yvetot. Assise dans le compartiment, avec une femme à ma gauche, je lis *Marie Claire.* Il fait nuit. Le train s'arrête. Je cherche en vain le nom de la station. C'est un train avec des groupes, genre club Méditerranée, se rendant en Italie (est-ce une résurgence de mon voyage à Rome, en 63 ?). Ils descendent, moi aussi. Je ne sais pas où je suis et je ne le saurai pas. On me dit seulement que le prochain train pour Paris est dans huit jours. Il faut donc que je trouve un autre moyen de transport, des camionneurs par ex. J'interroge un homme, il est *immense,* sa tête touche presque le plafond de la gare, et je suis infiniment petite (très très étonnant pour moi). Peut-être sera-ce possible. Je me réveille.

Vu Eltsine à Apostrophes, et Zinoviev. Eltsine, c'est S., avec vingt ans de plus, yeux enfoncés, rusés, cruels. Bouche différente. Même narcissisme, vantardise, caractère russe ? Ce matin, regret d'avoir envoyé une carte à S.

Lundi 12

Encore rêvé que j'étais dans le RER. Vague. Vais-je prendre des transports en commun toutes les nuits…

Mardi 13

Je me lève tôt pour faire cette préface sur le Tour de France, et je traîne. À rêver. Ce piège trop connu du désir courant tout seul et devenant histoire à venir (sur le « charmant jeune homme », bien sûr). Rêvé d'un voyage, ou à Annecy ou à Moscou. Un hôtel, une chambre, dont j'ai oublié le numéro, est-ce 1520 ou 1522 ? Il semble que ce soit *1520.* Il y a un accompagnateur, mais ce n'est pas S. Et aussi ce rêve troublant : une petite fille en maillot de bain a disparu (et est retrouvée ensuite, morte ?). Il y a reconstitution avec la petite fille, *vivante,* qui part se promener. Le fait qu'elle soit vivante à nouveau va permettre de savoir ce qui s'est passé. Mais c'est très difficile, parce qu'*on connaît l'issue.* (Très juste.) Rêve qui est l'image du romanesque, de l'écriture : on connaît la fin.

Le charmant jeune homme est venu, très ému, et j'ai pensé qu'il avait fantasmé lui aussi, ou pensait que j'avais envie de lui et qu'il devait « y passer » (c'est moi qui domine ici). Atmosphère très lourde, troublée, puis la force de parler, tout cela se dissipe. Au fond, je ne le trouvais plus désirable, trop fouine, jeunot, et j'ai du travail avant *Apostrophes*. Il est resté trois heures passées. Au moment de partir, il me dit que sa nana est au ski. Trop tard. Je le ramène à la gare, au moment de nous dire au revoir, j'ébauche une caresse sur son bras, mal. C'est mieux que rien : de quoi alimenter son trouble. Perversité légère. Je suis sûre qu'il fait très mal l'amour.

Dans le fauteuil, à un moment, il se lève : « Excusez-moi, j'ai une crampe ! » J'ai envie de rire, « tirer sa crampe… » Mais quelle différence avec l'absolu désir que j'avais pour S. à Leningrad.

J'ai relu *Les mandarins*. Je suis tellement Anne, avec Lewis, c'est-à-dire S., que je pleure. S. de B. écrit : « Personne ne dira plus "Anne" avec cet accent. » Cela, je l'ai écrit aussi. Et c'est arrivé. Ces jours, depuis Abu Dhabi, m'entraînent loin de mon chagrin première manière, atroce : il suffit de lire les lignes où je me retrouve moi, l'an passé ou il y a quelques mois, pour que je pleure sur-le-champ. Et dans mes réactions, je me vois tellement semblable à S. de B., y compris dans la brutalité : « Que d'histoires pour ne pas se faire baiser ! » Ça, je pourrais le signer. Les derniers mots : « Qui sait ? Peut-être un jour serai-je de nouveau heureuse ? » Oui, je me les dis encore, et en acceptant que ce ne soit plus S. De relire *Les mandarins* m'a donné envie d'écrire vraiment sur cette passion sans tricher.

Jeudi 22

Demain, Apostrophes, qui ressemble vraiment pour moi à une épreuve de licence ou d'agreg, avec les mêmes impressions d'être « prête » et de ne pas l'être, de toute façon maintenant en finir. Furieuse de n'avoir demandé que 3 000 francs à Messidor, sûrement disposé à lâcher plus. Messidor et le PCF font de plus en plus de manœuvres d'encerclement, et je trouve cela lourd.

Samedi 24

C'est fini. Pourquoi cette impression de souillure, toujours, en allant à la télé, être vue, ne pas tout dire de ce que j'avais à dire sur Beauvoir. Insatisfaction extrême.

La vérité de ce que j'ai dit à une femme, à Bezons : il fallait que ma mère meure et que j'écrive sur elle pour être « elle » enfin.

Salon du livre. Et si S. était là, avec les écrivains russes ? *Et s'il n'avait pas envie de me voir* ou qu'il ait une autre femme à Paris ? Je retrouve l'enfer de l'an passé et je ne suis plus sûre de le vouloir.

Dimanche 25

Fatigue extrême. Rêve qui est assez clair : la cave d'Yvetot, et une cigarette que je cherche obstinément, malgré le danger (guerre ? film évoquant la guerre dans lequel je jouerais ?) et le nom répété de Staline. C'est la cave de 1952, mon père voulant tuer ma mère, la fissure de mon monde. Puis Staline, c'est le PC (hier, discussion amicale avec les communistes, à Bezons). Mon père, c'est la conscience de classe, l'impossibilité de nier l'origine. Savoir que ce geste incompréhensible pour moi à douze ans (mais si, je le savais, qu'il était explicable) avait ses fondements – l'agressivité de ma mère, son désir de s'élever, la domination absolue qu'elle voulait exercer sur tous.

Lundi 26

Maintenant, je suis même privée de ma douleur. Tout est gris. S. n'apprendra pas que je suis passée à Apostrophes, pour lui bien sûr. Je n'apprends plus le russe et tout ce qui est lié à l'histoire de l'an passé n'a plus de *sens* : je ne vois que passion vide de volonté, mais il n'en pouvait être autrement. Et c'est cette constatation qui est affreuse. La *vraie* vie est dans la passion, avec le désir de mort. Et cette vie-là n'est pas créatrice. Les semaines passées à relire Beauvoir, Sartre, à réfléchir ont été le plus sûr dégrisement. Comme d'habitude j'avais investi toute ma vie, ma sensibilité dans l'explication de Beauvoir. L'aspect anecdotique auquel elle a été réduite par les mecs présents était affligeant.

Mardi 27

Huit heures moins dix, sonnerie du téléphone. Je décroche, personne. Il n'y aura pas d'autre appel. Nuit pleine de désirs pour le « charmant jeune homme », seul porteur actuellement possible de mon désir d'amour et d'oubli. Je revoyais aussi, d'une manière crue, nette, notre façon de faire l'amour, S. et moi. C'était sans aucune souffrance, très proche du réel vécu. La force érotique de cette liaison m'apparaissait, sa seule vérité sans doute. Je suis très mal depuis samedi. D'abord une incoercible envie de dormir depuis deux jours et depuis hier, une absence d'envie, de projet.

Après-midi. Pour la première fois, oser faire du tarot sur le Minitel. Poser la question : « S., mon dernier amant, me donnera-t-il bientôt de ses nouvelles ? » Réponse au bout d'une demi-heure… (bonjour le prix !) : S. est certainement beaucoup plus jeune que vous, il vous donnera sans doute de ses nouvelles, mais n'espérez pas trop de cette relation. La « voyante » savait mon âge, mais c'est quand même troublant. Non, à y réfléchir sainement (en dehors du fait qu'elle ait « vu » l'âge de S.) : elle me prend pour une fille couchaillant, donc au regard de la

morale habituelle je ne saurais trouver le
« bon » type, durable.

Jeudi 29

Ma douleur de novembre était juste, au
sens où elle anticipait sur ce que serait la
suite, non seulement une vie faite de simple
durée, mais aussi une vie dans laquelle S., ce
temps-là, serait presque de la honte, de
l'énergie perdue. Les paroles dites me semblent étranges : « N'importe où, n'importe
quand, tu peux me demander n'importe
quoi, je le ferai pour toi. » Je n'en suis plus
sûre. Et lui, pourtant, le croit peut-être
encore.

Pour la première fois de ma vie, je vois
tous les arbres en fleurs en mars (depuis plus
d'une semaine) et même le lilas. Rien du
côté du petit B., qui a dû recevoir ma lettre
appelant une réponse. Je le crois tellement
torturé et intello que, de toute façon,
l'amour avec lui ne doit pas être une fête
comme je les aime.

Comme prévu, aller à Abu Dhabi, passer à Apostrophes, faire la préface pour Messidor, c'est-à-dire tout ce qui avait un rapport de près ou de loin avec S., m'a poussée hors de lui, de son souvenir. Le petit B. est, lui, dans l'ordre du possible, encore.

Je ne suis même plus sûre que la liberté existe dans l'écriture, je me demande même si ce n'est pas le domaine de la pire aliénation, où le passé, les horreurs du vécu font retour. Mais en revanche le résultat, le livre, peut fonctionner comme moyen de liberté pour les autres.

Soir. Ce qu'il y a de terrible, c'est qu'autrefois je cherchais un homme pour me « stabiliser », avoir une fraternité. Maintenant je le cherche uniquement pour l'amour, c'est-à-dire ce qui ressemble le plus à l'écriture, pour la perte de moi-même, l'expérience du vide comblé.

Vendredi 30

Rêvé que je devais aller à Madrid (?). Essayé de me rappeler — en vain — le nom de cette institutrice modèle que j'ai eue en 59 à l'école Marie-Houdemard. Il y a eu un temps — passé depuis quand — où je pouvais sans doute évoquer ce nom à volonté. C'est fini.

Samedi 31

Ce n'est pas Madrid, mais Cincinatti, peut-être New York et Chicago, en mai. Je somnolais sur des haricots verts que j'épluchais, lorsqu'on m'a appelée. Jubilation, et puis ça retombe, mais il s'agit des rares choses qui peuvent encore me *tenir*, la connaissance du monde. Il sera vraiment dit que le seul pays où j'aurais eu le plus de bonheur à aller me soit refusé, l'URSS. Mais ce bonheur n'est même plus sûr. Je vois avec désolation l'image de S. rentrer en elle-même, redevenir celle du jeune Soviétique bcbg vu pour la première fois chez Irène.

Repenser à Spinoza : le désir sans cesse fuyant sur des objets, informe. L'œuvre *fixe*. Je m'accroche toujours à ma volonté d'un livre historique, mais ne devrais-je pas voir en face ce problème de l'amour vécu avec S. et de l'écriture ?

Avril
Dimanche 1er

Rêvé que le petit B. m'appelait, infiniment tremblant comme l'autre fois. Mais il me reprochait violemment mon geste de l'autre jour. Je pense qu'en effet il n'a aucun désir à mon égard, puisque ma dernière lettre est restée sans appel. (En fait, j'écris cela en espérant le contraire, qui est aussi possible : il ne sait pas comment procéder, « s'avancer ».)

Horreur de ce texte pour les Cahiers pédagogiques. Du temps gâché, de l'écriture perdue, rien qui débouche sur la connaissance.

Lundi 2

Rêvé que S. m'écrivait, en français, je n'arrivais pas à déchiffrer facilement. Il me remerciait pour ma carte d'Abu Dhabi, évoquait la difficulté de cette année de retour en URSS pour lui. Dans ce rêve, je me disais : « Et dire que je m'imagine rêver ! Alors que je suis bien éveillée. »

Je reprends aujourd'hui mon début de travail en espérant, après une interruption de plus d'un mois, évaluer lucidement la possibilité de continuer.

Mardi 3

Rêve : mon ex-mari est dans mon bureau et me dit : « Tu laisses à la vue de tout le monde tous tes papiers, tu ne ranges plus rien, des choses aussi… (quel mot ? "terribles" ?, "traumatisantes" ?) que ça. » Le papier en question est le récit de juin 52, que j'ai fait hier pour la première fois : « Mon père a voulu tuer ma mère. » Sorte de récit initial, préalable à tout. J'ai eu des larmes venues de 52. Trente-huit ans bientôt — et puis rien. Surprise de ne pas tout me rappeler, juste quelques paroles de ma mère : « Le père Lecœur est aux écoutes ! » De mon père à moi : « Je ne t'ai rien fait à toi ! » De moi : « Vous allez me faire rater mon examen ! Je vais gagner malheur ! » (l'expression normande pour dire que plus jamais les choses ne seront comme avant, qu'on est tombé dans l'horreur).

Vendredi 6

Retour de Haute-Savoie et de Grenoble.

Vision neutre, sans émotion, d'Annecy. Je vois « La Roseraie » et il me semble qu'aussi bien je pourrais pousser la barrière, monter les marches, entrer dans le pas carré vitré, c'est-à-dire agir et *être* comme si seize ans ne s'étaient pas écoulés. La même vie se poursuivant. Je marchais rue Sainte-Claire : la triperie Vidon, les petits cafés, le Fréti, la crémerie Pollet, mais le bar arabe, la charcuterie alsacienne (il y a longtemps), la parfumerie dont la propriétaire vivait peut-être de rendez-vous, « Le lézard vert » maroquinier, ont disparu, ainsi que Saveco rue Filâterie. D'Aix à Grenoble, on voit des jardinets derrière les maisons. Des hommes en casquette, en bleu, se chauffaient au soleil sur des chaises, dans les jardinets.

Je rentre accablée (par la rencontre de Grenoble, où je suis comédienne de moi-même, dans le rôle de l'écrivain sympa, expliquant ses textes) et il n'y a rien, il n'y aura jamais rien, de S., au courrier, et non plus du petit B., affaire classée.

Lundi 9

Pour la première fois depuis le 6 novembre (dernière fois où j'ai vu S.) je m'éveille avec une sensation inexplicable de bonheur. Malgré tout, le fait que ce bonheur soit sans motif me désenchante, mais à peine. Il faudrait pourtant que je me décide à écrire une chose plutôt qu'une autre, à cesser d'hésiter.

Ce besoin que j'ai d'écrire quelque chose de dangereux pour moi, comme une porte de cave qui s'ouvre, où il faut entrer coûte que coûte.

DU MÊME AUTEUR

Aux Éditions Stock

L'ÉCRITURE COMME UN COUTEAU, entretiens avec Frédéric-Yves Jeannet (« Folio » n° 5304).

Aux Éditions Nil

L'AUTRE FILLE.

Aux Éditions des Busclats

L'ATELIER NOIR.

Aux Éditions du Mauconduit

RETOUR À YVETOT.

Aux Éditions du Seuil

REGARDE LES LUMIÈRES, MON AMOUR (« Folio » n° 6133, avec une postface inédite de l'auteur).

COLLECTION FOLIO

Dernières parutions

Composition Nord Compo
Impression Novoprint
à Barcelone, le 21 janvier 2020
Dépôt légal : janvier 2020
1ᵉʳ dépôt légal dans la collection : mai 2002
ISBN 978-2-07-042159-6 / Imprimé en Espagne

365568